ELAIN

Sonia Edwards

GOMER

Argraffiad cyntaf – 2003

ISBN 1 84323 304 5

Mae Sonia Edwards wedi datgan ei hawl dan
Ddeddf Hawlfraint, Dyluniadau a Phatentau 1988
i gael ei chydnabod fel awdur y llyfr hwn.

Cedwir pob hawl. Ni chaniateir atgynhyrchu unrhyw
ran o'r cyhoeddiad hwn, na'i gadw mewn cyfundrefn
adferadwy, na'i drosglwyddo mewn unrhyw ddull na
thrwy unrhyw gyfrwng, electronig, electrostatig, tâp
magnetig, mecanyddol, ffotogopïo, recordio nac fel
arall, heb ganiatâd ymlaen llaw gan y cyhoeddwyr,
Gwasg Gomer, Llandysul, Ceredigion, Cymru.

Dymuna'r cyhoeddwyr gydnabod cymorth
Cyngor Llyfrau Cymru.

*Argraffwyd yng Nghymru gan
Wasg Gomer, Llandysul, Ceredigion*

*'What's in a name? That which we call a rose
By any other name would smell as sweet.'*

Shakespeare

ELAINE LOUISE

Merch welw. Gwallt-melyn-potel a gormod o lipstic. Ac mae hi yma, yn y tŷ 'ma, o'i achos o.

Gŵyr Ifan ei fod wedi pechu'i fam. Ei bod hi'n rhy hwyr i ofyn am ei bendith hi rŵan. Uwch eu pennau mae yna sŵn traed diarth yn cynefino â'u llofft newydd. Nid fel hyn yr oedd Dora wedi dychmygu pethau.

'Mam?' Mae o'n trio eto a hithau'n cau'i chalon i feddalwch y gair.

'Sioc ydi'r cyfan, 'te, Ifan? Mi fedri di ddallt hynny, debyg? Dŵad adra i fama a gwraig i dy ganlyn, a dim math o rybudd . . .'

Gwna 'i orau i edrych yn edifeiriol. Mae rhan ohoni hithau isio cydio ynddo, ei dynnu ati a'i gwtsho'n dynn. Ond dydi hynny ddim yn ddigon oherwydd ei bod hi'n ysu am ei ddiawlio am fod mor greulon o ddifeddwl. Wyddai Dora affliw o ddim byd am y ferch 'ma tan ddoe. Yr Anita 'ma. A heddiw mae ganddi ferch-yng-nghyfraith newydd sbon yn dadbacio'i phethau uwch ei phen hi'r funud hon. Yn ei thŷ hi. Ei chartref hi.

'Sut fedrat ti, Ifan? Priodi heb ddeud gair o dy ben am y peth. Ac ar ben hynny i gyd, nunlla gynnoch chi i fyw . . .'

'Mi gawn ni hyd i rywle. Unwaith y ca' i 'nhraed danaf . . .'

Llynca Ifan yn galed. Am y tro cyntaf gwêl Dora rywbeth tebyg i banig yn ei lygaid o. Meddylia am gynnau, am eu te bach chwithig nhw a'r ferch ddi-wên denau 'ma'n gwrthod bwyta dim. Ac mae'r gwirionedd yn cau'n sydyn fel dwrn am ei pherfedd hi.

'Dowch rŵan, Mam.' Mae o wedi darllen y tensiwn sy'n llinellau ar draws ei thalcen hi. 'Mi ddaw petha rhyngoch chi, gewch chi weld – unwaith y dowch chi i nabod eich gilydd. Swil ydi hi rŵan . . .'

Fedar Dora ddim meddalu'i llais. Na swnio'n drugarog. O, Dduw Mawr! Ei mab ei hun. Ei hogyn hi. Ond fedar hi ddim . . .

'Beichiog ydi hi, yntê, Ifan? Yntê . . .?'

Mae o'n gostwng ei lygaid. A hithau'n clywed ei llais ei hun yn codi'n gresiendo aflafar wrth iddi feddwl am hon yn ei sodlau uchel rhad a'i hwyneb hi'n llwyd fel palmentydd a strydoedd a niwl a mwg y ddinas lle cafodd o hyd iddi.

'Beichiog, nid swil. Na, nid swil. Mae hon wedi hen fwrw'i swildod, yn tydi, Ifan?'

'Mam! Plîs! Rhag ofn iddi glywed . . .'

Clywed. Ei chlywed hi, Dora! Mae hynny'n swnio mor chwerthinllyd, ond mae hi'n barotach i grio nag i chwerthin. A da hynny. Pe bai hi'n chwerthin rŵan, hen chwerthiniad cras fasa fo, hen chwerthiniad chwerw fel crawcian gwrach â'i gwddw'n graciau. Hen chwerthin gwag gwaeth na dagrau oherwydd bod y byd ar ben.

Ei chlywed hi. Pa ots pe bai Anita'n ei chlywed hi? Un peth ydi clywed. Peth arall ydi deall. Dydi hi ddim yn deall yr un gair. Anita ddiarth, ddi-serch. Anita feichiog.

Swil ydi hi, Mam.
Saesnes ydi hi, Ifan.

*   *   *

Mwg. Gwreichion a mwg yn yr awyr ym mhob man. Phery'r sioe ddim yn hir – doedd 'na fawr o dân gwyllt yn y bocs. Mae Dora'n eu gwylio nhw drwy'r ffenest – Elaine Louise a'i mam – yn gwylio'u symudiadau drwy batrymau'i hanadl ei hun. Mae hi'n noson damp a'r goelcerth fach drist yn mygu fel pwdin 'Dolig. Mae'r fechan yn edrych yn oer, yn gadael i lewys ei chôt lyncu'i dyrnau bychain. Chwilia Dora am eu chwerthin ond does dim. Mae pellter rhyngddyn nhw, y fam a'r ferch. Mae eu gwalltiau melyn yn eu gwneud yn debyg i'w gilydd, o bell. Ond celwydd yw hynny hefyd. Nid o botel y daw lliw aur gwallt Elaine. Mae'r roced fechan yn dianc yn biwis o wddw'r botel lefrith ac yn gadael ei hôl yn wlyb yn y düwch, fel seren yn toddi. Cura dy ddwylo, Elaine. Rho floedd. Neidia gyda'r gwreichion. Ond mae hi'n dal i sefyll yn ei hunfan a'i dwylo ar goll. Ac mae'r fam yn ddi-hid, yn plygu i godi'r botel cyn troi'n ôl tua'r tŷ. Does 'na ddim byd yn eu clymu nhw. Maen nhw fel tegan mewn dau ddarn nad oes trwsio arno . . .

'Nain?'

Yn ei chalon mae Dora'n falch nad aethon nhw bryd hynny – Ifan, Anita a'r babi. Na chawson nhw dŷ iddyn nhw'u hunain wedi'r cyfan. Mae hi'n falch oherwydd y fechan. Oherwydd Elaine Louise. Ei hwyres fach â'i henw diarth. Elaine yw ei chysur.

'Nain?' Eto. Sŵn traed a'r sioe ar ben. 'Welsoch chi, Nain?'

'Do, 'mechan i.'

Ac Anita'n llwyd, yn chwythu ar ei dwylo. Sylla Dora arni. Fu Anita'n ddim byd arall erioed ond llwyd. Dywed ei bod yn mynd toc. Mae hi'n gweithio gyda'r nos yn gweini byrddau yn y Ship. Mae hi'n newid ei dillad a phincio ac yn gadael y tŷ cyn i Ifan ddod adra o'i waith ei hun.

'Doedd ganddi hi fawr o fynadd heno, Nain.'

Mae bochau'r fechan yn cynhesu wrth swatio i gesail Dora. Suo, siglo. Hel mwythau. 'Mae gen i dipyn o dŷ bach twt . . .' Mae'r llofft gefn yn gynnes a'r llefrith yn oer a'r deisen siwgwr yn felys, felys. 'Si hei lwli 'mabi' ac 'Af i 'ngwely bach i gysgu'.

A 'Canwch eto, Nain!'.

Mae ganddi enw diarth. Mae genynnau estron yn rhan o'i hanfod hi.

Ond nid Saesnes ydi Elaine Louise.

*   *   *

Mae hi'n 'Ddolig. Mae ganddi dinsel yn ei gwallt. Mae sglein wisgi yn ll'gada'i thad. Mae o'n gwenu ac yn dweud:

'Mi glywi di glychau'r slèd heno, hyd yn oed yn dy gwsg . . .'

Mae o'n dŷ mawr. Yn damp ac yn oer. Mae 'na

bapur newydd o dan y ffenestri rhag i'r glaw ddod i mewn. Os daw hi i fwrw yn y nos mi fydd y papur hwnnw'n slwtsh llwyd. Mae ganddi gymaint o flancedi ar ei gwely nes bod ei choesau'n drwm a llonydd. Mae hi'n gwybod nad oes 'na ddim Santa Clôs. Mae yntau'n gwybod ei bod hi'n gwybod. Ond maen nhw'n cogio wrth ei gilydd. Cogio 'i fod o'n bod nes ei fod o bron â bod go iawn. Creu hud rhyngddyn nhw nes eu bod nhw'n ei gyffwrdd o bron; maen nhw'n ei wylio fo'n bochio o'u blaenau fel anadliadau'n cyffwrdd ar fore o farrug a fynta'n ei danfon i'r ysgol a sŵn eu traed yn cnoi'r llwybrau cerrig . . .

'Mi ddo' i i fyny toc,' medda fo.

I ddweud 'nos dawch'. I ddweud storis. Hogan ei thad fu hi 'rioed. Cyfyd y fam ei golygon. Ond dydi hi'n dweud dim byd. Yn deall dim ar yr iaith sy'n eu clymu nhw. Sylla ar ei merch am rai eiliadau ond does 'na ddim byd yn ei hwyneb y gall y fechan ymateb iddo: bu'i llygaid hi'n oerach na'i rai o bob amser. Try ar ei sawdl a mynd allan heb gau'r drws ar ôl dweud ei 'nos da' yn Saesneg: mae hi'n edrych mor fain yn y cysgodion yn ei ffrog dywyll. Mae'i gên hi'n fain hefyd.

*   *   *

Mae 'na 'Ddolig eto. Eto ac eto. Mae Elaine Louise yn mynd yn dal ac yn lluniaidd. Mae pethau'n digwydd i'w chorff hi sy'n gwneud iddi deimlo'n bwysig. Mae ymchwydd bach ei bronnau hi'n sbesial. Weithiau, ar nos Sadwrn, mi fydd Nain a hithau'n cael sieri bach mewn gwydryn meingoes, dim ond y nhw ill dwy, pan fo'r tŷ'n wag a braf ac maen nhw'n eistedd yn y stafell ffrynt sy'n wynebu'r bae lle mae'r ffenestri mawr yn llawn môr.

Mae ganddi feddwl y byd o Nain. Nain sydd yno bob amser. Nain fu yno erioed. At Nain mae hi'n dod o sŵn eu ffraeo nhw. Fu Anita ac Ifan erioed yn agos, yn gariadus. Ond rŵan mae pethau'n waeth na hynny hyd yn oed. Mae hi fel petai'r siarad gwâr, bob-dydd, sy'n bodoli hyd yn oed rhwng dieithriaid tu hwnt iddyn nhw. Mae'i mam yn beio'i thad am bopeth. Am y lle 'ma. Am y gwynt a'r glaw a'r heli ar hyd y ffenestri. Am ei beichiogi hi a'i llusgo hi i ben draw'r byd i rannu tŷ'i mam-yng-nghyfraith ac i wrando ar synau'r iaith ddiarth 'ma ddydd ar ôl dydd . . . Pe na bai tad Anita wedi'i throi hi dros y rhiniog bryd hynny ar ôl clywed ei bod hi'n feichiog fyddai hi ddim yn y twll lle 'ma rŵan. Pe na bai Ifan mor blydi anrhydeddus . . . Ond felly y bu pethau. Doedd ganddi'r un lle arall i fynd. Mae hi yma oherwydd y plentyn. Ŵyr Elaine ddim byd am hyn. Ond teimla ddirmyg ei mam tuag at bawb a phopeth o'i chwmpas yn cael ei anelu ati hithau hefyd. Felly mae'r fechan yn dianc o'i chwmni bob gafael ac mae hynny'n hawdd, yn y tŷ mawr 'ma lle mae cymaint o stafelloedd, cymaint o lefydd i guddio; yn y tŷ 'ma lle mae Nain . . .

Heno mae Elaine a'i nain yn darllen i'w gilydd o flaen y tân. Mae'r ddwy'n darllen fel hyn o hyd. *Anturiaethau Gwas y Wern* ac *Esyllt* a *Luned Bengoch*. Dyhea Elaine am enw fel Esyllt neu Luned. 'Pam ddaru nhw 'ngalw fi'n Elaine Louise, Nain?' A Dora'n gwneud rhyw siâp sws rhyfedd hefo'i gwefusau wrth geisio swnio'n ddidaro: 'Dewis dy fam oedd o, am wn i.' Fel tasai dim ots.

Maen nhw'n darllen cerddi hefyd. Mae Nain yn hoff o farddoniaeth. Yn nabod ei beirdd. Yn dyfynnu llinellau'r mawrion gydag arddeliad. 'Beth yw'r ots gennyf i am Gymru?' Ac Elaine yn rhyfeddu. Mae hi a Dora'n deall ei gilydd. Maen nhw'n mynd am dro, mynd i siopa. Hel eu traed. Ac mae pobol yn gofyn:

'Sut hwyl, Dora? 'Dach chi'n cadw'n o lew? Nefi wen, a'r wyres ydi hon, ia? Tydi hi wedi mynd yn hogan nobl!' A throi ati hithau wedyn a gofyn iddi, yn eu Saesneg gorau, sut mae hi.

Dydi Elaine ddim yn deall pam eu bod nhw'n mynnu gwneud hyn o hyd. Mae o'n boenus a chwithig fel misglwyf cyntaf. Y Saesneg 'ma. Mae hi wedi dysgu adnod ar gyfer pob Sul ers pan oedd hi'n bedair oed. Mae hi'n gallu adrodd darnau o waith T. H. Parry-Williams ar ei chof ond mae'r bobol wirion 'ma'n ei chyfarch hi yn Saesneg. Etyb hithau yn Gymraeg, a theimlo'n ddicach fyth wrth eu gweld yn synnu ac yn rhyfeddu at ei champ. Dim ond siarad yn ei hiaith ei hun y mae hi.

'Be haru nhw, Nain?'

'Ddim yn dallt maen nhw, 'sti, 'mechan i . . .' Mai fi ddaru dy fagu di, a dy wylio di'n cysgu a ffeirio bob un o dy ddannedd babi di am chwecheiniogau gwyn . . . Ddim yn dallt maen nhw dy fod ti'n Gymraes fach lân, loyw er mai Saesnes ydi dy fam . . .

Mae Nain yn dweud y gwir. Dydyn nhw ddim yn deall. Nac yn sylweddoli faint maen nhw'n ei frifo ar y ferch fach benfelen ar fraich ei nain wrth iddyn nhw fynd heibio, â'u gwallau iaith a'u geirfa dlawd i'w canlyn. Be wydden nhw mai yn Gymraeg mae Elaine yn meddwl? Yn dweud ei phader. Yn siarad yn ei chwsg. Mae hi'n cymysgu weithiau rhwng geiriau fel *'picture'* a *'photograph'*. Yn gorfod meddwl yn ofalus cyn cyfieithu pethau hir yn ei phen. Cafodd ei henwi ar ôl rhyw gymeriad neu'i gilydd mewn nofel serch rad ac mae'i mam yn hanu o gyffiniau Blackburn. Ond pan fo Nain yn adrodd cerddi T. H. Parry-Williams wrthi'n uchel, mae Elaine yn teimlo'r ias. Gall ddeall hyn. Bod yn un â'r clogwyni a'r llynnoedd a'r llethrau. Welodd hi erioed fawr o lynnoedd ond mae hi'n deall y môr. Mae hi'n un â hwnnw, a'i ymchwydd a'i ymffrost a'i gyfrinachau parhaus. Mae hi'n un â'r creigiau gwalltog duon a'r tywod mae hi'n ei gerdded bob dydd. Ac mae hyd yn oed y gwylanod swnllyd, cras yn gweiddi am y glaw yn Gymraeg.

Nid Saesnes ydi Elaine Louise.

*   *   *

'Mae petha'n flêr rhyngon ni, Mam.'

'Ydyn, Ifan, dwi'n gwbod.'

'Ydach, debyg.'

'Wel, ydw, siŵr iawn. Sut fedri di fyw dan yr unto â phobol heb iti sylwi ar betha felly?'

'Mae hi'n bygwth mynd o 'ma.'

Mae Dora'n sythu. Dydi deuddeng mlynedd o fyw dan yr un to ag Anita ddim wedi dod â hi fymryn yn nes ati na'r diwrnod y gwelodd hi gyntaf.

'Gad iddi fynd, 'ta, Ifan.'

Mae tipiadau'r cloc fel clocsiau ar goncrit. Dydi Ifan ddim yn ateb yn syth. Mi fasa fo'n lecio rowlio smôc, ond wneith o ddim rŵan, fan hyn, gyferbyn â'i fam. Mae o'n chwilio'i geg am boer ond does ganddo fo ddim. Mae o fel petai o'n mynd i dagu ar ei eiriau'i hun. Theimlodd o erioed mor ddiobaith. Mor ddi-lun a gwan.

'Be wna i, Mam? Be fedra i 'i wneud? Os bydd Anita'n mynd o 'ma rŵan, mi eith â'r fechan hefo hi . . .'

1

Twrw moto-beic yn hwyr yn y nos. Yn ymosod ar lonyddwch pethau. Edrychodd allan. Roedd ffenestri hir y tai gyferbyn fel drychau duon yng ngoleuni-Jac-Lantarn lampau'r stryd. Gollyngodd gwr y llen a throi'n ôl at dywyllwch yr ystafell. Roedd ganddi gannwyll siâp ŵy yn llosgi mewn gwydryn sgwâr. Cnonyn o fflam. Roedd hi'n hoffi canhwyllau. Yn mwynhau eu haflonyddwch bach nhw.

Roedd y sŵn wedi tarfu arni. Tynnodd ei gwnwisg yn dynnach amdani a dal ei llaw yn erbyn ei stumog fel petai hi'n ceisio tawelu'r cnonyn arall tu mewn iddi. Mi fu hwnnw yno erioed, yn aflonydd 'run fath â fflam y gannwyll, yn ei hatgoffa o bethau, yn edliw pethau. Weithiau mi fyddai'n tynhau fel cwlwm nes byddai'i pherfedd isio crio. Adawodd o erioed mohoni. Y cnonyn 'ma. Y teimlad. Gwyddai, hyd yn oed pan fyddai hi'n hapus, ei fod o yno'n llechu . . .

Mi oedd yfory ar ei meddwl. Yfory mi fyddai hi'n mynd adra. Adra. Gair a swniai bron yn ddiarth iddi bellach. Edrychodd o'i chwmpas fel pe bai hi'n sefyll yn nhŷ rhywun arall. Onid yma, fan hyn, oedd adra? Y tŷ Fictoraidd chwaethus â'i nenfydau uchel. Y lloriau coed a'r llenni hir. Y soffa ledr liw'r awyr a'r lampau ar fyrddau isel. Mi oedd hon yn ystafell braf. Roedd y gannwyll siâp ŵy wedi llosgi'n is a'i chysgodion yn anwadal, yn chwarae'n swil o gwmpas y darluniau mawr o'r môr ar y waliau hufennog. Lluniau gwyllt o greigiau a thonnau. Roedd ei phlentyndod i gyd yn fflachio drwy'r lluniau yma. Fel hyn yr edrychai'r môr ers talwm. Bob dydd, wrth ddeffro, y peth cyntaf a welsai ac a glywsai oedd y môr. A fory mi fyddai hi'n cael ei weld o eto. Môr ei phlentyndod. Ond cyn hynny mi oedd 'na waith pacio i'w wneud. Doedd bod yn drefnus ddim yn dod yn hawdd iddi. Gadawai bopeth tan y funud ola bob amser. Dyna a wnaeth hi heno. Gadael pethau nes ei bod hi'n ben set. Mygodd ochenaid – a'r awydd i chwilio'r cypyrddau am 'sgedan siocled i'w chysuro'i hun. Yn hytrach fe aeth ati'n biwis i chwilio'i chypyrddau dillad.

Mi oedd dewis y dillad mwyaf addas yn anodd weithiau. Penderfynodd o'r diwedd ar siwt *Jaeger* syml a chlasurol ei thoriad – a dau neu dri o grysau gwyn a oedd yn union yr un fath – ar gyfer cyfweld Llew Preis. Gwyddai o brofiad y byddai'n rhaid iddi wisgo'r un dillad trwy gydol ffilmio'r sgwrs – a allai gymryd tridiau rhwng ail-wneud ac ailwampio ac ati. A doedd gwisgo'r un crys am dridiau'n olynol ddim yn apelio o gwbl. Daeth i ddeall yn gynnar yn ei gyrfa fel cyflwynwraig a holwraig bod cael sawl top a chrys o'r un lliw a gwneuthuriad yn gallu bod yn fendith fawr o safbwynt osgoi ogla chwys yn ogystal â sicrhau cysondeb wrth ffilmio rhaglenni.

Gosododd ei dewis o ddillad yn ofalus ar y gwely a theimlo rhywfaint yn well o fod wedi penderfynu o'r diwedd ar gynnwys ei bag-dros-nos, neu'n hytrach, dros dridiau. Roedd hi'n mwynhau'i gwaith. Yn mwynhau'r ymchwil, mwynhau holi pobol. Mwynhau perfformio. Trodd i wynebu'i hadlewyrchiad yn y drych a gadawodd i'w gwnwisg lithro'n araf oddi ar ei hysgwyddau i'r llawr. Hawliodd wên fach hunanfoddhaus wrth edrych arni hi ei hun. Roedd ei chorff yn fain, ei choesau'n hir a'i bronnau'n gymesur. Diflannodd ei gwên. Doedd cynnal yr hyn a welai o'i blaen ddim yn hawdd. Roedd ei gwendid am siocled yn ei gwneud hi'n frwydr barhaus, ond hyd yn hyn, y hi, Elain, oedd yn ennill. Dim bara, dim siwgwr, oriau o ymarfer corff. Bu bron iddi golli'i gafael ar bethau hefyd. Ddiwedd y llynedd. Bum mis yn ôl. Pan adawodd Huw. Llwgodd am bron i wythnos ac yna troi at fwyd am gysur. Roedd yna wacter ynddi nad oedd modd ei lenwi, er bod yr hen gnonyn hwnnw'n dynn yn ei pherfedd o hyd, yn gwingo ac yn pwyso arni bob yn ail.

Safai rŵan, yn noeth o hyd, o flaen y drych hir. Meddyliodd am Huw, am y ffordd y byddai'n dod i sefyll tu ôl iddi â hithau fel hyn, a chwpanu ei ddwylo am ei bronnau crynion. Meddyliodd am fis Rhagfyr. Mor oer. A rŵan mi oedd hithau'n oer, yn palfalu'n sydyn am y wisg a ddisgynasai at ei thraed fel petai ei noethni'i hun yn edliw pethau iddi. Rhagfyr o eira annisgwyl. Dros bobman. Yn greulon a llonydd a hardd, yn distewi'r distawrwydd.

Doedd hi erioed wedi sbio ar goeden 'Dolig trwy

waelod gwydryn o'r blaen. Y goleuadau bach 'na'n wincio. Profiad meddwol, bron yn dlws, a hithau'n feddw 'i hun, yn gweld patrwm cris-croes-crisial ei gwydryn gwag yn erbyn ei llygaid. A thrwy waelod y gwydryn crisial roedd goleuadau'r goeden-gogio yn galeidosgop o emliw'r tylwyth teg. Pinc a gwyrdd a melyn a gwyn. Hyd yn oed trwy'r rhew oedd yn gwrthod toddi. Dau lwmp yn dal i aros lle bu lot o jin. A'r mymryn lleiaf o donic. Dim lemwn chwaith. Hynny'n ormod o drafferth – mynd i dorri lemwn. Isio cyllell ar gyfer hynny, yn doedd? Yr un fach finiog, filain honno â'i charn yn llai na chledr ei llaw. Hen gyllell fach beryglus: fyddai hi ddim wedi bod yn gyfrifol hefo peth felly'r noson honno . . .

Ffôn. Llafn sydyn o sŵn yn hollti'r hel meddyliau'n lân. Sobrodd, fel petai hi newydd gamu i gawod oer.

'Elain? Popeth yn iawn ar gyfer fory?'

Ei chynhyrchydd. Yn ei bwlio'n dyner wrth sicrhau bod trefniadau drannoeth ar flaenau'i bysedd hi. Amser cychwyn. Amser cyrraedd. Roedd dawn amseru Dylan Llanfor yn rhan o lên gwerin Ffilmiau'r Eryr bellach. I'r eiliad. I'r hanner eiliad. Amseru perffaith oedd popeth. Gwenodd Elain yn gam wrth wrando arno'n siarad. Byddai ceisio berwi ŵy i ddyn fel hwn yn hunllef.

'Wyt ti'n berffaith siŵr na ddoi di ddim hefo ni yn y *Shogun*? Mae 'ne ddigon o le.'

Doedd o ddim yn ei thrystio hi i gyrraedd mewn

pryd ar ei phen ei hun. Dyna oedd yr holl swnian munud ola 'ma. Daliodd Elain ei thir.

'*Audi* sy gen i, Dyl, nid beic peni-ffardding! Mae'n debyg mai *fi* geith flaen arnoch *chi*! Ymlacia, 'nei di? Dwi'n cofio lle ma' Sir Fôn, 'sti!'

Ildiodd Dylan yn anfoddog i'w chellwair. Gwyddai Elain sut i'w drin: gallai anwesu'i wegil gyda thôn ei llais yn unig. Byddai Elain yn gyrru i fyny i'r gogledd yfory yn ei char ei hun, ar ei phen ei hun. Roedd arni angen hynny. Angen llonydd i fynd dros bethau yn ei meddwl. Ac roedd bod yn un â phŵer y peiriant o dan ei rheolaeth yn caniatáu iddi allu gwneud hynny.

Aeth ati'n syth ar ôl siarad â Dylan i gasglu'r nodiadau y bu hi'n eu hastudio'n ofalus yn gynharach y noson honno a'u cau rhwng cloriau'i chês lledr du. Roedd gwneud y rhaglen yma'n bwysig iddi, nid oherwydd ei gyrfa'n unig, ond oherwydd popeth a oedd ynghlwm wrth ei gorffennol hi. Roedd y portread o Llew Preis, llywiwr bad achub Porth Gorad, yn ei gorfodi hi i fynd yn ei hôl go iawn. I gerdded yr hen lwybrau, holi pobol a oedd bellach wedi mynd yn rhan o'r hen ers talwm hwnnw y bu hi mor chwannog i roi caead arno a'i gladdu cyhyd. Roedd Llew Preis yn un o'r bobol hynny. Yn rhan o'i phlentyndod, yn cofio'i thad a'i thaid. Yn ei chofio hithau fel merch Ifan Craig-y-Don a'r Saesnes honno.

Roedd mynd adra'n mynd i fod yn wahanol y tro yma. Yn wahanol i bicio i roi blodau ar fedd pan fyddai hi i fyny yn y gogledd yn rhywle gyda'i gwaith ac yn gwybod fod ganddi esgus bryd hynny i beidio ag oedi. Y tro hwn mi fyddai hi'n mynd i aros yn Nhafarn yr Angor reit yng nghanol pentref Porth Gorad. Yng nghanol ei hatgofion i gyd. A doedd hynny ddim yn mynd i fod yn hawdd.

2

Teimlai Wil yn uffernol. Mor uffernol fel nad oedd ganddo mo'r awydd lleiaf i feddwl hyd yn oed am sigarét, heb sôn am danio un. Pwysodd fotwm ar y peiriant siarad ar y ddesg o'i flaen. Bu chwarter i bedwar yn hir yn dod heddiw.

'Hwnna oedd yr ola am heddiw, ia, Gwyneth?'

'Ia, Dr Hywel.'

'Diolch i Dduw! Rŵan, cansla fory i mi, wnei di?'

'Sori? Dwi'm cweit yn dallt . . .'

'Apwyntiadau fory, Gwyneth. Dwi am i ti eu canslo nhw, os gweli di'n dda.'

'Be? Bob un . . .?'

'Ia, Gwyneth. Dwi'n sâl! Dwi'n hel y ffliw, ocê? Sut ma' disgwyl i mi ddarllen pennau pobol os ydi fy mhen i fy hun 'fath â blydi rwdan?'

Pwdodd Gwyneth yn syth, yn hytrach nag ateb gyda'i 'Iawn, Dr Hywel' arferol. Ochneidiodd Wil. Mi oedd hwyliau drwg arno oherwydd symptomau'r ffliw ac mi oedd Gwyneth yn un oriog ar y gorau. Na. Ailfeddyliodd. Mi oedd hynny'n beth rhy glên i'w ddweud amdani. Blydi hogan od oedd hi. Ac yn ddi-ddallt ddiawledig ar brydiau. Mi oedd o'n difaru'i chyflogi hi ond roedd hi'n fain arno am ysgrifenyddes ar y pryd. Yn enwedig un a siaradai Gymraeg. Peth arall oedd y sgwennu. Fedra fo mo'i thrystio hi'n llwyr hefo anfon llythyrau heb iddo fo'u cywiro nhw'n gyntaf. Mi ddaeth hon ato fo rhyw ddeufis yn ôl hefo rhyw lun o gymhwyster En Fî Ciw, ewinedd hir peryglus a dôs go drwm o gamdreigleitus. Hiraethai Wil am Musus Bevan hefo'i sanau tewion a'i faricos fêns. Efallai nad oedd yna fawr o gampau'n perthyn iddi fel arall, ond wir Dduw, mi oedd ganddi afael ar ei chystrawennau. Hen athrawes Gymraeg wedi riteirio oedd Margaret Bevan. Margaret hefyd, bob amser, yn hytrach na Magi. Hen deip. Nid fel yr athrawon Cymraeg a chwydai'r colegau heddiw, y rheiny oedd yn dweud 'rîli' o flaen bob dim ac yn gwybod mwy am Kate Moss nag oedden nhw am Kate Roberts er gwaethaf eu graddau anrhydedd sobor o anrhydeddus. Ti'n hen sinig, Wil Bodhyfryd, meddai wrtho'i hun wrth iddo edrych am y cês bach lledr a wnâi iddo edrych yn bwysig. Roedd iasau'r ffliw wedi dechrau cerdded ei gymalau. Ysai am gael mynd adra.

Roedd y lôn yn glir yr adeg yma o'r dydd, a fynta wedi gadael ei waith yn gynt nag arfer. Llai o draffig ar y bont o beth myrdd. Diolchodd i Dduw am yr eildro. Mi oedd ei ben o'n boeth ac yn brifo a dwsinau o binnau mân yn pigo yn rhywle tu ôl i'w lygaid o. Ond mi oedd gweddill ei gorff yn rhynllyd oer. Dechreuodd feddwl am *Lemsip* poeth a gobennydd oer ac am gau'r llenni'n dynn a thynnu'r dŵfe dros ei ben dolurus.

Roedd y daith adra'n ymddangos yn hirach nag arfer er gwaetha'r ffaith bod y lôn yn ddistawach. Chwaraeai bob yn ail â'r twymydd a'r botwm awyru.

Pan ddaeth Porth Gorad i'r golwg teimlodd ronyn o ryddhad. Er bod ei gorff yn bynafyd i gyd, penderfynodd anwybyddu'r ffordd a oedd yn osgoi'r pentref a chymryd llwybr y môr. Cysurodd ei hun fod arno angen galw yn siop y fferyllydd p'run bynnag.

Gwelodd fod y llanw'n uchel. Llond lle o fôr yn llyfu'r morglawdd. Arafodd y car am eiliad dim ond i edrych arno, ac yn yr eiliad honno teimlai rhyw gymaint yn well, cyn i donnau'i chwysfa oer ei hun olchi drosto unwaith yn rhagor. 'Siop cemist, Bodhyfryd!' meddai'n uchel wrtho'i hun a melltithio'r crygni oedd yn gosod craciau mân yn ei lais o'n barod.

Daliodd y fferyllydd yn braf cyn i'r siop gau a bu'n prowla yno'n ddiwyd nes bod ganddo lond ei hafflau o dabledi annwyd a hancesi papur a phetha da cyrains duon. Ysai am gael talu amdanyn nhw ond roedd 'na ferch o'i flaen wrth y til a chanddi lond bag o bethau. Merch hirgoes benfelen mewn jîns. Er ei fod o'n dioddef, doedd Wil ddim yn rhy sâl i sylwi ar berffeithrwydd ei phen-ôl, ac mai *Armani* oedd gwneuthuriad y jîns. Nid dyma'r adeg y byddai wedi ei dewis yn benodol i disian yn ffyrnig a gollwng ei nwyddau annwyd ar lawr. Ond dyna'n union a ddigwyddodd. A thra oedd o ar ei liniau'n palfalu am botel o ffisig poeth a'i baced o stwff lemwn, trodd y ferch. Ar flaenau pigfain ei bŵts lledr meddal hi yr edrychai Wil pan glywodd ei llais hi'n dweud yn smala:

'Dwi'n gwbod mai ar dy liniau o 'mlaen i ydi dy le

di, Wil Bodhyfryd, ond mae hi'n iawn i ti godi ar dy draed rŵan, 'sti – wir yr!'

Sythodd Wil yn flêr. Ac edrych arni.

'Iesu gwyn . . .!'

'S'mai, Wil?' Mi oedd ei dannedd hi'r un mor gymesur a pherffaith. Ei chorff hi'n feinach. Ei gwallt hi'n gymysgliw mwy proffesiynol o aur ac arian nag a gofiai. Fe'i tynnwyd drachefn at ei gwên wen, y gwefusau bwa bach 'na . . . y dannedd perlog . . .

'Be sy, Bodhyfryd? 'Di colli dy dafod?' meddai hithau wedyn. Yr hen ddireidi.

Gwenodd Wil yn gegrwth. Oedd, mi oedd o wedi colli'i dafod. Go iawn. Wedi dychryn ei gweld hi eto. Mor agos ato . . . Ni fedrai feddwl am ddim byd i'w ddweud wrthi'n syth. Roedd siâp ei cheg yn cael effaith hypnotig arno. Siâp y wên wen. Ni wyddai beth i'w ddweud yn gyntaf. Ers yr holl flynyddoedd. Sut i'w chyfarch . . . Haia, sut wyt ti? Ti'n edrach yn dda – gweld bod dy ddannadd di dy hun gen ti o hyd . . .

'Uffarn dân!' meddai Wil wedyn.

'Ti'n dal i regi fel cath, felly!'

Roedd y gwres yn ei ben o, a'r sioc o'i gweld yn y cnawd am y tro cyntaf ers blynyddoedd, yn cael yr effaith ryfeddaf arno.

'Ffliw,' meddai, yn ymddiheurol bron, a sbio i lawr ar ei dabledi, fel tasai hynny'n esgus dros ymarweddu fel dyn wedi dianc o'r seilam. Teimlai ei fod wedi tynghedu rhai callach i wythnosau o therapi yn ei waith bob dydd.

Cyfarfu eu llygaid. Doedd dim arall amdani ond chwerthin. Y ddau ohonyn nhw. Chwerthin go iawn fel petai'r colli nabod ddim wedi bod. Bron.

'Be wyt ti'n ei wneud i fyny yma, 'ta?'

Symudodd Elain ei bag neges plastig o'i llaw chwith i'w llaw dde.

'Gwneud rhaglen ar Llew Preis . . . y bad achub a ballu. A hitha'n . . .'

'Yn ganmlwyddiant y bad achub 'leni. Wrth gwrs!'

'Ti'n dal i orffan fy mrawddegau i ar ôl yr holl amser 'ma!'

Ofnai Wil ei fod yn gwrido. Gwres yr annwyd, siŵr o fod.

'Am faint wyt ti i fyny yma?' Y cwestiwn nesaf naturiol. Amlwg. Diniwed ddigon. Ac eto, swniai fymryn yn rhy frwdfrydig wrth ofyn iddi.

'Rhyw dridiau. Pedwar, ella. Dibynnu sut eith hi . . .'

Roedd hi'n aros yn Nhafarn yr Angor, hi a'r criw ffilmio. Dim ond picio'n sydyn i'r fan hyn. Angen rhyw stwff gwallt ac ati. Anodd cofio am bob dim, yn doedd, pan oedd rhywun yn gorfod byw allan o fag am dridiau! Ar dipyn o frys rŵan, hefyd. Byddai'n rhaid iddi'i throi hi, gwaith paratoi. Trafod trefniadau fory. Uffarn, dyna braf oedd ei weld o eto – ar ôl yr holl flynyddoedd . . . Cymryd gofal o'r annwyd 'na ddylai o'i wneud rŵan, wir. Swatio. A 'Hwyl fawr i ti, Wil!' a gwynt o'r môr yn dianc i mewn wrth iddi hithau ddianc allan, ac iddo fo'i chofio hi at ei fam . . .

Teimlai Wil fel petai o newydd gael swadan a

27

chyffro'r cyfarfyddiad annisgwyl yn dal ar ei wynt o. Anghofiodd am ennyd pa mor uffernol o legach yr oedd o. Roedd y drafft sydyn trwy gil drws y siop wedi rhoi hergwd i'w synhwyrau. Camodd allan i'r gwynt. Roedd hi wedi cerdded rai llathenni. Syllodd ar ei hôl. Coesau hir, gwallt melyn yn chwythu rywsut-rywsut, blêr a thlws . . .

'Nel!'

Safodd hithau'n stond, sŵn yr enw a waeddodd arni'n ei tharo fel parlys.

'Nel, aros – paid â diflannu . . .'

Throdd hi ddim yn syth, ond pan wnaeth hi roedd ei hwyneb hi'n wyn. Yn wyn, ddiamddiffyn, yn gwneud iddi edrych, am ennyd, flynyddoedd yn 'fengach na'i hoed. Llyncodd Wil. Roedd ddoe'n sownd yn ei wddw o hyd wrth iddo edrych ar ei gwelwder hi a'i chofio'r un mor welw a diamddiffyn yn bedair ar ddeg yn angladd ei thad. A fynta'n edrych arni'r diwrnod hwnnw, ar siâp ei bronnau bach tyn, ac yn cywilyddio'n ddwy ar bymtheg oed bod ganddo fin o'r herwydd a hithau'n galaru ac arch ei thad yn llenwi'r ystafell.

'Nel?'

Sylwodd arni'n rhoi rhyw ysgytwad sydyn iddi hi'i hun. Ond wenodd hi ddim. Daeth yn nes ato. Roedden nhw wyneb yn wyneb.

'Fedra i ddim gadael i ti fynd jyst fel'na. Nid ar ôl yr holl amser 'ma, Nel . . .'

'Ti'n dal i 'ngalw fi'n "Nel".' Roedd hi fel petai hi

wedi synnu'i fod o'n cofio. Fo oedd yr unig un erioed i'w galw hi'n hynny.

'Wrth gwrs. Dyna fuost ti i mi erioed . . .'

Meddalodd ei llygaid. Roedd golwg oer arni. Gwnaeth ymdrech i swnio'n gellweirus.

'Enw ast ddefaid ydi Nel!'

'Ond yn well enw nag "Elaine Louise", os dwi'n cofio'n iawn. Fuost ti erioed yn rhyw hoff iawn o hwnnw . . .!' A difarodd Wil yn syth. Daeth cysgod dros ei llygaid hi a barodd iddo sylweddoli bod gormod o flynyddoedd wedi dod rhyngddyn nhw. Doedd ganddo mo'r un hawl bellach i dynnu arni fel ers talwm. Doedden nhw mo'r un bobol.

'Elain ydw i rŵan.'

'Ia, dwi'n gwbod . . .'

Roedd Cymru i gyd yn gwybod. Roedd enw Elain Llŷr, a hithau'n ddarlledwraig adnabyddus, yn rhan o iaith bob dydd y rhan fwyaf o bobol, gan gynnwys Wil ei hun. Roedd hi wedi dweud y peth amlwg wrtho, wedi rhoi'r un ateb ag y byddai wedi'i roi i ddiniweityn. Cofiodd Wil am ei gur pen.

'Gwranda, Wil, mae'n rhaid i mi fynd yn ôl . . .'

'Dr Hywel! Mae'n ddrwg gen i ond dwi'n credu'ch bod chi wedi anghofio talu . . .'

Y ferch o'r fferyllfa. Yn gwrtais-bryderus ei fod o tu allan i'r siop â llond ei hafflau o nwyddau nad oedd o wedi talu amdanynt. Cerddodd wysg ei din yn ei ôl trwy'r drws. Gwenai'r ferch yn wyneb ei ymddiheuriadau herciog: Bobol annw'l, roedd hi mor hawdd – cerdded allan o siop heb feddwl – wedi'i wneud o'i hun droeon. Feddyliodd hi ddim am funud, siŵr iawn, ei fod o â'i fryd ar ddwyn! Fo, Dr Wil Hywel o bawb, yn lleidr! Ha-ha, jôc! Â'n gwaredo ni i gyd . . .

Na, nid lleidr. Doedd o ddim yn hynny. Ac eto, doedd o ddim yn teimlo'n anrhydeddus iawn y funud honno. Nid lleidr mohono, ond fe allai, erbyn meddwl, fod yn llofrudd. Llofrudd beth na phwy, ni wyddai i sicrwydd, dim ond bod ganddo deimlad od, yn ddwfn yn ei berfedd, ei fod o newydd ladd rhywbeth cyn iddo gael cyfle i flaguro.

3

Roedd hi wedi gorfod gyrru heibio i Graig-y-Don i ddod i mewn i'r pentref. Gwyddai eisoes y byddai'n rhaid iddi wneud hynny. Gwyddai hefyd y byddai'n rhaid iddi arafu o flaen y tŷ er mwyn cael ei weld o'n iawn. A gwyddai y byddai edrych arno'n brifo. Dyna un o'r rhesymau pam y mynnodd Elain gael dod ar ei phen ei hun. Roedd dychwelyd i bentref ei phlentyndod yn bererindod o fath, yn rhywbeth rhy bersonol i'w rannu â neb. Roedd rheswm arall, wrth gwrs – hoffai yrru. Ond yn fwy na hynny, hoffai yrru'i char ei hun. Roedd o'n newydd ac yn uffernol o neis – *Audi TT* lliw arian a ddaliai'r lôn yn dynn i'w fynwes ac a waeddai'n glir, ar ran ei berchennog: Sbiwch arna i, dwi'n llwyddiant!

Breuddwydiasai Elain am hyn ers dyddiau'i phlentyndod: cael dod yn ôl rhyw ddiwrnod 'wedi'i gneud hi'. Gyrru i mewn i'r pentref mewn car crand a phawb yn troi'u pennau i syllu arni, a hithau, bellach, yn Rhywun. A rŵan, roedd o'n digwydd. Gwireddodd ffantasi'r ferch ysgol honno ers talwm a gerddai drwy'r glaw am nad oedd ganddi ddigon o arian ar gyfer y bws. Oedd, roedd y car 'ma'n symbol o bopeth na fu ganddi ers talwm – arian, breintiau, hyder. A rŵan, wrth basio'i hen gartref, roedd o'n ei hatgoffa o gar ola'i thad – y car y bu farw ynddo.

Roedd ganddi atgofion od o felys am y car hwnnw, ogla lledr a phetrol a gweld glaw ar y ffenest flaen a hithau'n fach, tu mewn, tu ôl i'r gwydr, saff. Ers talwm 'stalwm. Y car mawr a gadwyd wrth dalcen y tŷ lle'r oedd cysgod rhag heli'r môr, a hithau'n dianc allan weithiau i eistedd ynddo fo er mwyn cuddio rhag sŵn y ffraeo yn y tŷ. Roedd hi'n braf yno'n darllen, pan oedd 'na haul ar y ffenestri a sŵn y môr yn chwerthin o bell, a hithau'n creu lluniau lliw yn ei phen ac yn mynd i bob mathau o lefydd heb symud cam oddi yno. Ei thad fyddai'n dod i chwilio amdani bob tro – 'Fan'ma'r wyt ti, ar ben dy hun bach . . .?' Roedd hi fel petai'r car yn estyniad ohono fo, yn lapio'i wres yn glyd amdani a'i chadw hi'n ddiogel. Mi oedd yntau'n hoff o geir. Roedd ganddi beth myrdd o luniau ohono fo'n ifanc yn sefyll wrth ymyl y gwahanol geir a fu ganddo. Beth, tybed, fyddai'i thad wedi'i feddwl o'r *Audi TT*, ac o'r ELA 1N ar ei drwyn a'i din?

Gofalodd beidio ag oedi'n rhy hir tu allan i'r tŷ. Ofnai i rywun ei dal yn busnesa a daeth swildod rhyfedd, sydyn drosti. Roedd arni isio cael ei gweld, ac eto isio bod yn anweledig hefyd. Ni allai esbonio'r ddeuoliaeth od 'ma yn ei theimladau. A phan stopiodd am ychydig i brynu papur newydd, tynnwyd y gwynt o'i hwyliau'n syth: Saeson oedd yn cadw'r siop bapurau newydd, Saeson diarth na welodd hi erioed mohonynt o'r blaen. A Saeson oedd y cwsmeriaid a safai o'i blaen. Ers iddi gyrraedd y pentref, chlywodd hi'r un gair o Gymraeg. A doedd neb wedi'i hadnabod hi chwaith. Fel Elain Llŷr nac fel Elaine fach o Graig-y-Don ers talwm. Chwalodd ton o chwithdod drosti a theimlai'n fwy o estron na'r estroniaid eu hunain. Dechreuodd deimlo'n unig ac yn ddiarth a lleddifaru hyd yn oed na fyddai hi wedi derbyn cynnig Dylan i deithio i fyny hefo fo a'r criw. Ysai am iddyn nhw gyrraedd, ond roedd hi eisoes wedi cael dwyawr o flaen arnyn nhw yn ei hawydd i weld ei hen bentref unwaith yn rhagor. Rŵan ni theimlai ddim ond gwacter a siom. Roedd hi wedi rhamantu'n wirion am orffennol na wnaeth o ddim byd erioed ond edliw pethau iddi.

Roedd yr haul erbyn hyn yn pwyso'n drwm ar ffenestri'r car a daeth awydd dros Elain am awyr iach. Trodd drwyn y *TT* i gyfeiriad y lôn isa a redai i lawr ar ei phen tuag at lan y môr. Bellach roedd y pentref yn ddiarth iddi – siopau ar eu newydd wedd, perchenogion diarth, enwau Saesneg. Ond yr un oedd y môr o hyd. Môr diwedd Ebrill oedd hwn a'r haul yn taflu cyllyll i'r tonnau. Gadawodd Elain i'r olygfa olchi drosti a'i meddiannu am ennyd. Dyma oedd dod adra go iawn, y croeso oedd yn cymell dagrau. Sychodd ei llygaid bron yn chwyrn â chefn ei llaw. Roedd crio'n rhyddhau gormod o fwganod.

Gan iddi yrru i mewn i'r pentref gynnau heibio i'w hen gartref, a safai ar godiad tir yn wynebu'r môr, a wedyn mynd ar hanner tro ar hyd y lôn isa i ben pella'r penrhyn, roedd hi wedi teithio mewn hanner cylch a olygai ei bod hi bellach yn syllu o bell ar y tŷ. Roedd môr a thraeth rhyngddi a Chraig-y-Don rŵan, ond syllai ar ei wyneb o hyd. Roedd y pellter yma'n ffeindiach. Rhoddodd sbectol haul dros ei masgara cleisiog a daeth allan o'r car.

Anghofiasai pa mor fain yr oedd awel o'r môr yn gallu bod. Anadlodd. Heli. Gwymon. Gwylanod. Roedd hi fel petai rhywun wedi cymryd brwsh bras at ei synhwyrau. Gadawodd i'r gwynt chwalu'i gwallt, a rhoddodd ei hwyneb iddo. Roedd hi wedi agor y drws ar ei Haber Henfelen ei hun a rŵan doedd dim amdani ond derbyn y canlyniadau, beth bynnag fyddai'r rheiny. Teimlai'n fach, fach a'r môr yn fawr. Am eiliadau'n unig roedd hi'n blentyn eto, ond â'i chalon yn drymach nag y dylai calon unrhyw blentyn fod.

* * *

Bu gwastraffu dwyawr yn gymharol hawdd. Pan aeth yn ôl i'r gwesty bach, roedd y criw wedi cyrraedd. Safai Dylan wrth y bar â'i gefn ati, yn ddwylath o ledr a denim a mwg sigarét.

'Ti'n sychedig ar ôl dy siwrna, felly?'

Trodd Dylan i gyfeiriad ei chyfarchiad smala ac amneidio'n hunangyfiawn ar ei gwpanaid coffi. Roedd o'n cael strach i agor un o'r potiau plastig o laeth hirhoedlog a roddwyd yn ei soser.

'Does 'ne ddiawl o neb yn cynnig llefrith go iawn yn unlle!' meddai'n ffug biwis, gan ymestyn tuag ati'r un pryd i gynnig cusan boch iddi.

Coflaid blatonaidd oedd hi, bellach. Efallai, yn y bôn, mai felly y bu hi erioed. Mêts yn mynd i'r gwely hefo'i gilydd am ei fod yn ymddangos yn syniad da ar y pryd. Ond ers talwm oedd hynny, pan oedd geiriau ar y gobennydd a gwres corff rhywun arall yn gallu llenwi gwacter. Yn achos Elain a Dylan, felly, doedd yr adnabyddiaeth Feiblaidd a fu ganddynt o'i gilydd dro byd yn ôl ddim wedi amharu dim ar eu cyfeillgarwch. Roedden nhw'n gydweithwyr parod heb unrhyw densiynau rhywiol rhyngddynt. 'Dim cnychu, dim cnecs!' oedd dyfarniad Dylan unwaith yn ystod un o'r anfynych gyfeiriadau rhyngddynt at yr hyn a fu. Erbyn hyn, roedd o bron yn dadol yn ei ofal amdani pan ddeuent at ei gilydd i gydweithio'n ysbeidiol fel hyn.

Eisteddodd Elain ar y stôl uchel gyferbyn â Dylan. Roedd 'na sbrencs o lefrith cogio hyd ymyl y bar yn tystio i'w drafferthion gynnau fach.

'Waeth i minnau gymryd panad hefo chdi ddim.'

'Gwatsia'r llefrith gafr diawl 'ne!'

'Gymra i o'n ddu, diolch yn fawr!'

Archebodd Dylan.

'Ti'n llwydaidd, Els.'

Gwyliodd Elain ei lygaid o'n culhau wrth iddo danio'i sigarét.

'Wedi bod am dro ar hyd lan môr dwi. Y gwynt yn fain.'

'Awyr y môr i fod i roi gwrid ar dy foche di!'

'Dwi newydd ddeud – mi oedd hi'n oer. P'run bynnag, be wyddost ti am awyr y môr, wedi dy fagu yn ogla cachu gwartheg a dip defaid, wa!'

'Digon i wbod bod y môr 'ne'n edrych yn ffantastig heddiw, a 'mod i'n mynd i lusgo'r hogie allan ar y penrhyn cyn i'r gole fynd i ni gael dipyn o siots o donnau dramatig ac ati. Ti awydd dod?'

'Na, ddim y tro yma, diolch. Dwi newydd gael llond 'sgyfaint o awyr iach.'

Mentrodd Dylan lowc arall sydyn o'i goffi a stwffio'i baced ffags a'i daniwr yn ddiseremoni i boced ei siaced.

'Rhag ofn i minna gael gormod,' meddai'n ddireidus.

'Be . . .?'

'Awyr iach, 'de? Mi fyddai fy 'sgyfaint i'n cael sioc pe bawn i'n cael gormod o awyr iach. Angen y ffags i gadw'r cydbwysedd, ti'n gweld!'

Distawodd y lle'n syth wedi i Dylan fynd. Roedd y bar yn wag rŵan heblaw amdani hi a'i choffi. Doedd ganddi ddim dewis ond edrych o'i chwmpas. Roedd lluniau rhyw arlunydd lleol ar werth ar y waliau – lluniau o Borth Gorad a Thrwyn Mynach ac un o'r goleudy a Charreg-y-Benddu. Doedd o ddim yn arlunydd da. Roedd ei liwiau'n galed, ddisymud, yn ildio dim i'r llygaid. Aeth Elain yn fwy beirniadol fel yr âi'r coffi'n oerach. Roedd 'na long mewn potel yn hel llwch ar silff.

'Mwy o goffi?'

Roedd y ferch a oedd yn gweini tu ôl i'r bar wedi dychwelyd o rywle. Dysgwraig oedd hi, yn ôl ei llafariaid culion, ond er ei pharodrwydd i siarad Cymraeg, doedd hi ddim yn serchus. Roedd ei bronnau'n rhy fawr i'w blows wen ac yn gwrthryfela'n flêr yn erbyn caethiwed bra amlwg, tywyll ei liw.

Gwrthododd Elain baned arall. Daliai holl ddieithrwch y lle ar ei llwnc. Am yr eildro'r diwrnod hwnnw, dechreuodd ddifaru nad oedd hi wedi manteisio ar gwmni Dylan a'r lleill. Pe bai hi wedi gwneud hynny, efallai y byddai popeth wedi bod yn iawn. Mi fyddai hithau'n un o giang, a chwmni'r lleill yno i'w hamddiffyn. Ac am yr eildro'r diwrnod hwnnw hefyd dewisodd fod ar ei phen ei hun. Gwyddai yn ei chalon bod hynny'n bwysig iddi. Roedd arni angen wynebu'i gorffennol ar ôl dianc rhagddo cyhyd. Roedd arni angen troi eto ymhlith y bobol a wyddai o lle'r oedd hi wedi dod. Pobol a wyddai pwy oedd hi go iawn.

Ond pan welodd hi Wil Bodhyfryd yn y cnawd am y tro cyntaf ers blynyddoedd maith doedd hi ddim mor siŵr. Ddim mor siŵr o gwbl. Efallai mai'r braw a gafodd wrth daro arno'n ddirybudd a roddodd siglad iddi. Efallai mai blinder oedd arni ar ôl ei thaith hir yn y car, nerfau, chwithdod.

Efallai mai pethau felly ddechreuodd glymu'i thafod a pheri iddi fod isio dianc oddi wrtho pan ddechreuodd o godi'r caead oddi ar ei hatgofion. Roedd Wil yn gwybod gormod amdani. Yn cofio pethau na wyddai neb arall amdanyn nhw. Efallai mai dyna oedd yn ei phoeni. Efallai. Roedd meddwl am atebion yn ei hanesmwytho. Felly gohiriodd y gorfod meddwl. Caeodd ddrws ei hystafell wely a'i gloi.

Thrafferthodd hi ddim hyd yn oed i ddadbacio'n syth, dim ond tynnu'i hesgidiau. Roedd y gwely'n brafiach na'i olwg. Cyrliodd Elain yn belen i gysgu, a'i phennaglinia at ei bol. Fel baban yn y groth.

Thrafferthodd hi ddim i gribo'r gwynt o'i gwallt ychwaith.

4

Roedd Nan Hywel bron yn saith deg ond edrychai'n nes at hanner cant. Bu'n wraig drawiadol erioed, a rŵan fe lifai'i gwallt brith yn gelfydd â rhyw liw perlog chwaethus a wnâi i'w chroen clir edrych bron yn dryloyw.

'Ti'n edrach yn ddiawledig, Wil bach!'

'Diolch, Mam!'

'Hwda, yfa hwn.'

Llowciodd Wil y *Lemsip* poeth yn boenus. Mi oedd ei wddw fo'n brifo a rhywbeth a deimlai fel cawl oer yn llifo drwy'i wythiennau.

'Lwcus i mi bicio draw hefo'r smwddio 'ma,' meddai'i fam wedyn, 'neu mi fasat ti yma'n fan hyn yn trio marw a neb i edrach ar d'ôl di!'

Bu Nan yn gefn ac yn gymorth i'w mab ers iddo fo a Bethan gael yr ysgariad ac roedd Wil yn wylaidd ddiolchgar iddi am ei help ymarferol, yn bennaf oherwydd ei anallu i smwddio. Ond weithiau roedd yna duedd yn Nan i fynd dros ben llestri.

'Mi fydda i'n iawn rŵan, wir, Mam. Cerwch chi.'

'Be am swpar? Ti 'di byta? Thâl hi ddim i ti lyncu'r holl sothach annwyd 'na ar stumog wag . . .'

Roedd Nan yn gwiwera'n brysur drwy'i gypyrddau bwyd wrth iddi siarad a theimlai Wil ei ben yn dechrau troi.

'Arglwydd, rhowch gora iddi, Mam bach! 'Sgynnoch chi ddim dosbarth aerobics ne' rwbath i fynd iddo fo, 'dwch? Dydach chi ddim munud yn llonydd, wir Dduw!'

Trodd Nan ac edrych arno'n ffug-geryddgar, gan godi'i haeliau'n ddoniol. Roedd y ddau'n deall ei gilydd i'r dim a diolchai Wil bod ganddo berthynas mor unigryw â'i fam. Ymdebygai Nan i chwaer fawr yn aml yn hytrach na mam ac roedd hi wedi bod yn ifanc ei ffordd ac yn feddwl-agored erioed: bu'n ffrind iddo a gallai ymddiried ynddi. Fel seiciatrydd ifanc buasai Wil yn pendroni ar un adeg ai'r ffaith iddo gael ei fabwysiadu a barodd i'w perthynas fod mor arbennig o glòs a chyfartal – doedd hi ddim yn gul a chonfensiynol fel mamau'r hogiau eraill ers talwm. Ond daeth i gasgliad buan nad oedd bod yn fabwysiedig yn cyfri'r un iot am hyn: dynes arbennig, afieithus, annwyl oedd Nan, y fam orau yn y byd i gyd. Ond Iesu gwyn, mi oedd hi'n mynd ar ei nerfau heno!

'Iawn, 'ta, Wil. Mi a' i a rhoi llonydd i ti os wyt ti'n mynnu . . .'

Mygodd Wil ochenaid o ryddhad yn ei wddw dolurus. HRT, myn uffar i . . .

'. . . ond ffonia os byddi di isio rwbath . . .!'

Roedd y tŷ yn falmaidd oer a distaw wedi i Nan fynd, â'i bwrlwm hefo hi. Tynnodd Wil ei esgidiau a gadael i feddalwch y carped ymwthio drwy'i fodiau. Gadawodd ei ddillad yn sypyn blêr ar y llawr a llithro'n ddiolchgar i oerni esmwyth y gwely. Thrafferthodd o ddim i gau'r llenni. Roedd y ffenest fawr lydan yn edrych allan ar banorama'r penrhyn lle'r oedd ysgwydd Trwyn Mynach yn gwyro'n greigiog i'r môr. Cyn cyrraedd y Trwyn roedd clustog werdd o dir pori a'r defaid a lynai wrthi'n rhoi'r argraff bod 'na hen gath fawr biwis wedi bod yno'n trio tynnu'r stwffin ohoni. Deffrai Wil gyda'r olygfa hon yn foreol, ac âi i glwydo gyda hi yn y nos. Doedd 'na ddim tai eraill o'i flaen, a neb i sbecian arno, felly chaeodd o erioed mo'r olygfa hon allan, a theimlodd o erioed bod arno angen tywyllwch llwyr i gysgu chwaith. Ar nosweithiau clir byddai goleudy Carreg-y-Benddu'n chwythu swsus i'r dŵr; pan fyddai hi'n niwl roedd ei ubain dolefus yn crwydro gwastadeddau'r dŵr llwyd fel enaid coll. Swynwyd Wil gan y cyfan oll, er na fu gan Bethan, ei gyn-wraig, lawer i'w ddweud wrth y môr. Rŵan, ac yntau dan dwymyn, roedd yr olygfa hon yn gysur iddo. Llithrodd i drwmgwsg byrhoedlog a'i amrannau'n brifo.

Pan ddeffrodd ymhen dwyawr roedd ei dalcen wedi oeri, a'r morthwylio yn ei benglog wedi peidio. Sylweddolodd, er mawr syndod iddo ef ei hun, bod chwant bwyd arno. Tynnodd wnwisg dywel dros ei noethni a mynd i lawr i'r gegin i wneud brechdan. Doedd cynnwys ei oergell ddim yn ei gyffroi – ar wahân i lefrith a menyn a dau domato, doedd yno ddim byd ond sleisen o ham oer wedi dechrau cyrlio fel ymyl hen garped, a chrystyn o gaws y byddai unrhyw lygoden o chwaeth yn troi'i thrwyn arno. Bodlonodd Wil ar dun bîns.

Roedd ei gyfarfyddiad ag Elain wedi rhoi ysgytwad

iddo. Elain. Elaine. Roedd gollwng yr 'e' wedi gwneud y gwahaniaeth. Cofiai fel yr oedd hi'n casáu'i henw bedydd. 'Pam nad ydw i'n Nia, neu'n Rhian, neu'n Gwen?' Roedd honno'n diwn gron ganddi. Nel oedd o wedi'i galw hi o'r dechrau. Mi ddaeth yn naturiol, rhywsut. Nel. Del. Diymdrech. Hithau'n bymtheg oed, ar drothwy'i phen blwydd nesaf, ac yntau'n ddeunaw profiadol, wedi cael ei siâr o'r genod fisitors a heidiai i Borth Gorad ar eu gwyliau. Roedd hi'n Awst poeth pan gollodd Wil ei wyryfdod. Pymtheg oedd yntau bryd hynny. Cochan fronnog o Runcorn oedd hi, bum mlynedd yn hŷn na fo, yn sgut am ei hantur ola cyn dychwelyd adra i briodi. Edrychai Wil ymlaen at bob haf wedyn gyda brwdfrydedd hogyn bach yn disgwyl ffair grwydrol. Nes pylodd y sglein. Roedd 'na seigiau i'w cael yn nes adra a hynny ar hyd y flwyddyn. Genod oedd yn caru yn Gymraeg.

'Be am ddŵad allan heno, 'ta, Nel?'

Dysgodd dynerwch hefo hi. Doedd ganddi mo'r doethineb caled a berthynai i enethod Lerpwl a Manceinion â'u sgertia 'dat eu tina, mo'r wybodaeth gynhenid honno a roddai iddyn nhw wynebau hŷn na'u hoed.

I Wil, cyn hyn, gwefr dywyll oedd rhyw, dysgu triciau newydd gan ambell i ferch hŷn nag ef ei hun er mwyn cael dangos ei orchest hefo rhai mwy dibrofiad. Hwyl oedd o, rhan o'r broses o dyfu'n ddyn, fel dysgu dal ei ddiod a deall y dirgelion oedd yn llechu o dan fonat car. Pethau unnos yn unig fyddai sawl un o'i orchestion. Torrodd galonnau'n ddiarwybod iddo ef ei hun wrth gasglu profiadau a chau drysau ar ei ôl. Chafodd o mo'i rwydo gan ei deimladau. I Wil, bryd hynny, nes iddo gyfarfod Nel, rhywbeth diofal oedd mynd allan i garu.

Roedd hi'n wahanol. Yn ystod yr haf poeth, llethol hwnnw daeth Wil i deimlo mai fo oedd pia hi. Hi a'r haf. Roedd ei diniweidrwydd rhywiol yn gwneud iddo deimlo'n fwy gwybodus ond nid, rhywsut, yn fwy profiadol. Teimlai'n amddiffynnol ohoni a bodlonodd am amser hir ar ei chusanu'n unig. A doedd yr ymatal hwnnw ddim yn anodd: doedd o ddim isio tarfu arni hi, na'i dychryn hi. Dyheai am ei chwmni. Roedd sŵn ei chwerthin yn deffro gloÿnnod yng ngwaelod ei fol. Aeth â hi adra i gael te – jam riwbob cartra ar frechdan dena a gwrid-bod-mewn-cariad ar fochau Wil am y tro cyntaf. Sylwodd ei fam, a'u gadael ar eu pennau'u hunain wrth fwrdd y gegin er mwyn iddyn nhw gael llonydd, yn falch drosto ac eto'n drist.

Ar y traeth y digwyddodd pethau. Y tro cynta. Llygad ddall y lleuad yn gwneud dim byd ond gwrando ac anadl y môr yn cyflymu wrth fentro'n nes – llyncu, poeri, llyncu, poeri, fesul cegiad, yn ennill tir gan bwyll bach fel llaw carwr yn crwydro.

'Dwi isio,' meddai hi. Nid rhoi yn unig yr oedd hi. Roedd hi am iddo'i charu hi'n llawn, am dynnu'r wefr. Ei dewis hi. Gorweddai ei gwyryfdod yn gynnes rhyngddynt, yn barod i'w dorri, fel llinyn bogail.

'Wna i mo dy frifo di.'

'Dwi'n gwbod.' Gwyddai hefyd bod ei chorff hi'n deffro o dan ei gyffyrddiad. Teimlodd Wil y cyffro sydyn, fel cryndod cyw deryn, yn cwafro dan ei chroen, yn cymell ei nerfusrwydd yntau. Nid y ffwrchio chwyslyd, blysiog yr arferasai Wil ag ef fyddai hyn. Dyheai am fwy na'r dŵad sydyn a'r darfod a'r chwithdod a ddeuai'n ddi-ffael i ganlyn hynny. Gallai arogli'r glendid yn ei gwallt a chuddiodd ei wyneb ynddo.

'Dwi isio dy g'nesrwydd di, Nel,' meddai wrthi. 'Isio'i wisgo fo fel clogyn.'

Chwarddodd hithau ei chwerthiniad gogleisiol, ond yn isel, sibrydiad o chwerthiniad rhag i'r lleuad glywed gormod.

'Ti'n fardd, Wil!'

Roedd arno isio crio o lawenydd. Doedd siarad a charu erioed wedi cyd-ddigwydd yn ei hanes o'r blaen. Anwesodd hi. Hi oedd yn bwysig. Pan dawelodd ei chorff o'r diwedd yn ei freichiau, roedd ei gruddiau hithau'n llaith.

Drannoeth cafodd Nel ganlyniadau ei harholiadau Lefel O. Doedden nhw ddim yn ffôl. Ffrangeg a Saesneg yn rhagorol.

'Tair A,' meddai Wil. Roedd o'n falch drosti.

'Dwy,' meddai hithau. 'Cymraeg ddim yn cyfri.'

'Pam? Gest ti A!'

'Mewn dosbarth ail-iaith oeddwn i, 'de? Pwnc Mici Mows. Oherwydd Anita.' Doedd hi byth yn dweud 'Mam'.

Prynodd Wil bersawr iddi. Roedd o'n dechrau deall. Roedd hithau'n un ar bymtheg yr un diwrnod. Ymhen wythnos byddai Wil yn cael ei ganlyniadau yntau. Lefel A. Roedd o'n beniog. Fe wnâi'n dda. Mynd i ffwrdd i'r coleg a'i gadael hi.

'Tyrd, Wil.' Rhoddodd ei llaw yn ei law. 'Mi gawn ni garu yng ngolau'r lleuad heno hefyd!'

A'r cregyn bach crynion hyd wyneb y tywod yn binc fel ewinedd merch.

Roedd y môr yn bell y noson honno.

5

'Faint o'r gloch ma'r hogan bach 'ma'n cyrraedd fory?'

'Yn reit handi yn y bora, Dad. Ac nid hi'n unig fydd 'na, cofiwch. Mi fydd 'na bobol ffilmio a'u camerâu ac ati . . .'

Roedd llygaid Gwen Preis yn cribinio'r ystafell wrth iddi siarad. Rhoddasai sglein eisoes ar y celfi pres ar yr aelwyd. Dim ond tynnu llwch yma ac acw a hwfrio oedd ganddi i'w wneud eto. Fyddai dim cywilydd ganddi wedyn pe bai holl griwiau teledu'r greadigaeth yn ymweld â bwthyn ei thad: roedd y lle'n dwt a glân a chroesawus. Chwarae teg i'r hen Lew Preis, mi oedd o'n dal i gael trefn go lew arno'i hun ac yn rhyfeddol o sionc ei gorff a'i feddwl er gwaetha'i bedwar ugain mlynedd. Ond fu cadw tŷ a llnau erioed yn flaenoriaethau ganddo. Gadawsai hynny bob amser i'w wraig tra bu hi, a rŵan roedd Gwen yn gofalu. Roedd o'n lwcus ohoni. Ymdebygai i'w mam wrth iddi fynd yn hŷn – yr un cerddediad, yr un crychau o gwmpas ei llygaid. Cododd Llew o'i gadair.

'Stedda ditha rŵan, 'mechan i. Mi wna inna banad i ni.'

Derbyniodd Gwen heb ddadlau. Roedd ei thad yn ddigon 'tebol o hyd ac roedd ei annibyniaeth yn bwysig iddo. Ildiodd o erioed o flaen unrhyw fôr a doedd henaint yn ddim gwahanol.

Roedd 'na dân isel yn y grât er ei bod hi'n fis Mai.

Ansefydlog oedd y tywydd a sylwodd Gwen wrth edrych allan bod lliw ffyrnig ar y môr o hyd a rhyw hen gadachau gwlybion o gymylau'n crogi uwch ei ben. Fedrai hi byth edrych ar fôr gwyllt heb feddwl am wrhydri'i thad arno, ac am bryder cynyddol ei mam a hithau ers talwm nes oedden nhw'n gweld y bad achub yn dychwelyd heibio'r Trwyn.

'Mi fasa dy fam mewn miri heddiw hefo'r bobol telifision 'ma'n landio!' meddai Llew mewn llais rhyw dwtsh yn rhy uchel, a dystiai eto fyth i'r hen delepathi tad-a-merch a fu'n eu clymu nhw erioed. Y ddau'n meddwl amdani ar yr un pryd yn union.

'Mi fasai hi'n falch ofnadwy ohonoch chi, Dad.'

Eisteddodd Llew'n drwm yn y gadair gyferbyn. Roedd o'n ddyn mawr o hyd, yn dalsyth, a'r blynyddoedd wedi methu ei gael i foesymgrymu iddynt hyd yn hyn. Dyma'r gwrthod ildio. Yn gorfforol, beth bynnag. Chowtowiodd o erioed i na dyn nag elfennau yn ei oes. Ond roedd cuddio'i hiraeth ar ôl Phyllis yn mynd yn anos hyd yn oed iddo yntau. Er gwytned ei gorff o hyd, roedd rhyw ddiawledigrwydd mwy nag ef ei hun yn mynnu, er ei waethaf, bod ei synhwyrau'n meddalu.

'Basa'n debyg.' Roedd 'na de yn y soseri. 'Ti isio 'sgedan?'

Estynnodd Gwen at y pecyn garibaldi. Roedd angen troi'r stori.

'Roeddech chi yno, yn doeddech, Dad, pan godon nhw Ifan Craig-y-Don o'r môr?'

Cliriodd Llew y briwsion o'i wddw hefo dracht hir o'r te-coes-morthwyl.

'Tad yr hogan bach 'ma sy'n dŵad fory.' Fel pe na bai Gwen yn gwybod hynny.

'Ia. Chi oedd yno, yntê?'

'Uffar o beth.' Yfodd Llew fwy o'i de. 'Bad achub yn dda i ddim hefo peth fel'na.'

Roedd y rhwystredigaeth yn dal i bwyso arno ar ôl yr holl flynyddoedd. Y ffaith nad oedd o ddim wedi gallu achub bywyd. 'Car yn mynd dros ddibyn i'r môr . . . ond dyna fo, mi gafodd y creadur diawl ei ddymuniad . . .'

Mi oedd cwpan Llew'n wag a'i lygaid yn bell. Un peth oedd cael eich galw allan i helpu rhywun mewn trafferthion. Rhywun yn ymyl boddi. Rhywun oedd isio byw. Peth arall oedd rhywun a oedd wedi dod i benderfyniad gofalus, bwriadus i'w foddi'i hun.

'Ond damwain oedd hi. Hyd yn oed pan fuo 'na gwest . . .'

'Ia. Dyna drion nhw'i ddeud.' Caeodd Llew Preis ei wyneb fel pe bai'n ceisio gwthio gweddillion y sgwrs o'r golwg dan ei aeliau trwchus.

'Be – 'dach chi'n deud mai trio'i ladd ei hun yn fwriadol ddaru o . . .?'

'Gwen, dydi dyn sy'n mynd dros ddibyn mewn car ar ddamwain ddim yn clymu'i law wrth y llyw!'

Roedd hi fel petai'r cyfaddefiad carlamus hwn wedi rhyddhau'i dafod unwaith yn rhagor. Cododd yn drwsgwl i roi pwniad diangen i'r tân. Eisteddodd

Gwen yn gegrwth a'i pherfedd yn oeri hefo'r te yn ei chwpan. Daeth cyffro'r cofio â chryndod i lais ei thad.

'Mi aeth Wil Maen dros 'rochor, ti'n gweld. I lawr i weld.'

Roedd campau nofio Wil Maen ers talwm yn chwedlonol. Un o griw eofn bad achub Porth Gorad o dan ei thad bryd hynny. Bu Wil farw o gansar yn ei wely yn hanner cant ar ôl peryglu'i fywyd mewn drycinoedd i achub eraill.

'Mi oedd ffenast y car yn gilagored, digon i Wil roi'i fraich i mewn. Mi aeth i lawr ddwywaith cyn datod y cortyn oedd yn clymu garddwrn Ifan wrth y llyw ond fedra fo ddim aros i lawr yn ddigon hir i drio rhyddhau'r corff ar ei ben ei hun. Mi oedd Ifan wedi hen foddi erbyn hynny, beth bynnag.'

'Pam na ddeudodd o ddim, 'ta? Yn y cwest?'

'I be, Gwen fach? Faint gwell fasa neb? Yn enwedig Dora . . .'

Oherwydd mai dyna oedd pawb yn ei gredu, p'run bynnag. Dyna oedd y siarad a'r sôn. Ifan Craig-y-Don wedi gyrru dros Drwyn Carreg y Diafol i'r môr a'i foddi'i hun. Dim ond bod pobol yn rhy glên i gyfaddef y gwir yng nghlyw Dora'i fam. Mi oedd pawb yn gwybod. Hyd yn oed Dora, yn ei chalon. I be oedd angen tystiolaeth yn halen ar y briw?

Distawodd Llew wrth i'r cyfan ddatglymu yn ei gof. Dod â'r corff yn ei ôl o'r diwedd at bier Porth Gorad. Môr braf, tisiad o wylanod, cychod allan.

Diwrnod codi cewyll. Mi oedd gwraig Ifan yno'n disgwyl, yn sefyll hefo'r meddyg a'r plismon lleol. Y Saesnes lygatddu, fain mewn côt law wen a belt yn dynn am ei chanol. Roedd y llun hwnnw ohoni'n dal yn ei ben. Safai yno'n ddiddagrau yn ei sodlau uchel anaddas a'i hwyneb cyn wynned â'i chôt, fel arwres drasig mewn ffilm. Cofiodd nad drosti hi yr oedd o'n gofidio. Aeth i'r tŷ i weld Dora. Roedd hi'n dal ei galar ati'n dynn a'r fechan yn cydio yn ei llaw. Merch Ifan. Meinder ei mam ac anian ei nain. Doedd ganddo fo ddim geiriau i'w cysuro.

Yr hogan siaradodd. Herio'r chwithdod â'i llais bach.

'Dwi yma, Nain.'

'Wyt, 'mechan i.'

A'r môr yn llenwi'r ffenestri, yn ddigywilydd o las.

Trodd Llew i edrych rŵan ar ei ferch ei hun.

'Ma'r hogan bach 'na wedi dod drwy betha mawr, Gwen.'

'Ydi, Dad.' Ond heb arddeliad. Llais Gwen yn fflat.

'Syndod ei bod hi cystal, a deud y gwir. Mi fasa llawar un wedi drysu, rhwng bob dim . . . be ma' hi'n ei galw'i hun bellach, dywed?'

'Elain. Elain Llŷr. Elaine oedd hi ers talwm. 'Dach chi ddim yn cofio? Wedi'i Gymreigio fo mae hi.'

'Duw, tybad? Elên. Dibynnu sut oedd rhywun yn 'i ddeud o, am wn i. Elên glên. Swnio'n ddigon Cymraeg o'i ddeud o fel'na. Peth fach glên oedd hi hefyd, erbyn meddwl. Annw'l ryfeddol. Mae o i'w weld pan mae hi'n cyflwyno'r hen beth chwech o'r gloch 'na – be ydi o, dywed, Gwen?'

'Noswaith Dda,' meddai Gwen, yn dal i feddwl am Ifan, a Wil Maen yn cael hyd iddo fo.

'Ia, hwnnw. Diawl, ma' hi'n dda, hefyd. Yr un wynab â Dora dlawd.'

Cododd Gwen i ailafael yn y llnau. Roedd y sglein yn llygaid ei thad yn ei hanesmwytho rhyw fymryn. Sylweddolodd bod 'na bethau, hen bethau, wedi dechrau dod i'r wyneb yn barod o ganlyniad i'r rhaglen deledu 'ma. Roedd y sgwrs rhyngddi hi a'i thad y bore hwnnw fel canfod tudalennau mewn hen lyfr a'r rheiny wedi gludo wrth ei gilydd. A rhyw hen brofiad digon cythryblus oedd ceisio'u hagor drachefn heb eu rhwygo.

Teimlai Gwen Preis yn anniddig. Roedd dod yn ôl i Borth Gorad yn golygu mwy na gwneud y rhaglen 'ma i Elain Llŷr. Roedd hi'n chwilio am rywbeth. Tawelwch meddwl, efallai. Atebion. Byddai hen glwyfau'n agor.

Gobeithiai Gwen â'i holl galon na fyddai drannoeth yn styrbio gormod ar ei thad.

6

Yr un fyddai'r freuddwyd bob tro. Roedd hi'n gwybod y sgript. Yr un wynebau oedden nhw. Yr un bobol. Yn heneiddio dim. Roedd y cyfan wedi'i gofnodi ym mhwll ei hymennydd fel hen ddarn o ffilm.

'Na chei; phia ti mohoni – ni pia hi rŵan – na chei . . .'

Coridor hir, yn mynd am byth, ac yn rhywle, ar ei ddiwedd o, sŵn babi'n crio. Ond doedd 'na ddim diwedd. Doedd hi byth yn gallu cyrraedd sŵn y plentyn, ond roedd y crio'n ei chyrraedd hi, yn chwarae mig â'i chlyw fel carreg ateb, yn dod o nunlle ac o bobman. Gwaedd. Sgrech. Ei llais ei hun. 'Dwi isio 'mhlentyn yn ôl . . .' A'r 'ô' hir yn alar i gyd. 'Rhowch hi'n ô-ô-ô-ôl . . .' Hyd yn oed rhwng haenau breuddwyd, gallai deimlo'i chroth yn tynnu.

Deffrai â'r chwys oer yn ei phigo drosti fel petai wedi'i lapio mewn carthen wlân. Daethai heno ag un o'r rhai gwaethaf – y synau'n gliriach, y düwch yn dduach. Digwyddai pan fyddai hi dan bwysau. Y breuddwydio. Ei hymennydd yn hollti.

Sylweddolodd yn sydyn bod y ffôn wrth y gwely'n canu. Darllenodd y cloc. Hanner awr wedi wyth. Bu'n cysgu ers bron i ddwyawr.

'Ms Llŷr? Mae 'na alwad i chi . . . Dr William Hywel . . .'

Doedd ei alwad ddim yn hollol annisgwyl.

Meddiannwyd Elain gan bwl o nerfusrwydd. Daeth curiadau'i chalon i loÿnna i dwll ei gwddw.

'Wil?'

'Gobeithio nad ydw i wedi tarfu arnat ti ar adeg anghyfleus . . .' Ffurfiol. Ei lais meddyg. Roedd yntau'n nerfus a rhoddodd hynny hyder iddi.

'Sut mae'r ffliw?'

'Gwell, cofia – diolch i ti am ofyn!' Roedd o'n ymlacio, yn mentro swnio'n fwy smala. 'Dwi newydd fyta, a deud y gwir. Bîns ar dost.'

'O. Neis.' Y sgwrs yn cloffi drachefn.

'Ym – nag oeddan. Ddim felly. Ym – dyna pam oeddwn i'n rhyw feddwl . . . nos fory . . .'

'Nos fory?'

'Ia. Ella medrwn i fentro pryd bach go deidi nos fory – mynd allan – tasa gen i gwmni!'

Roedd o'n ei gwahodd hi allan am bryd. Doedd hi ddim wedi disgwyl hynny. Mae'n rhaid ei fod o'n rhydd i ofyn felly. Dim gwraig, na chariad. A sut gwyddai yntau ei bod hi ar ei phen ei hun? Sut? Pam? Ei meddwl yn consurio cymhlethdodau iddi'n ddigymell. Yn clymu'i thafod.

'Nel? Wyt ti yna?'

Yr oedi 'na cyn ateb. Anghwrtais. Plentynnaidd. Lle'r oedd hunanfeddiant y gyflwynwraig delcdu brofiadol rŵan? Sadia, Elain Llŷr. Dim ond Wil Bodhyfryd ydi o. Dim ond Wil. Ond bu blynyddoedd. Roedd o'n rhan o'i hanes hi. Yn fwy na dim ond llais o'r gorffennol. Yn fwy na 'dim ond Wil'.

'Sori, Wil. Ym – meddwl oeddwn i. Gwranda – mae hi'n anodd gwybod pryd y byddan ni'n gorffen nos fory . . .'

'O. O, iawn. Wela i . . .' Ei lais o'n oeri. Yn meddwl ei bod hi'n gwrthod. Ond doedd hi ddim. Fedrai hi ddim . . .

'Na, Wil, nid gwrthod y cynnig ydw i.' Yn sydyn, roedd hi'n siarad yn gall. Yn achub pethau. 'Yli, pam na ffoni di eto nos fory – ar ôl chwech. Mi fydd yn haws i mi roi amser i ti. Mae gen i rif ffôn symudol . . .'

Gadawyd pethau ar hynny. Yn saff. Yn benagored. Neb wedi'i glymu. Amser i feddwl. Ailfeddwl. Anadlodd Elain yn bwyllog, fwriadus er mwyn rheoli'r cryndod tu mewn iddi. Dim ond pryd bwyd oedd o.

Tynnodd grib sydyn drwy'i gwallt. Roedd ganddi gyfarfod hefo Dylan a'r lleill am naw i fynd dros amserlen fory.

Roedden nhw i lawr yn y bar yn disgwyl amdani, a Huw Camera'n astudio'r fwydlen a golwg hanner-pan dyn ar lwgu yn ei lygaid.

'Gwynt y môr wedi codi archwaeth,' meddai Dylan, yn diffodd ei sigarét ac yn codi i'w chyfarch. 'Ti am gymryd pryd hefo ni?'

Roedd hwyliau da arno, a Huw wedi cael siotiau anhygoel o'r bae a'r môr yn farf ewynnog ar wyneb creigiog Trwyn Mynach. Mynnodd godi diod iddi.

'Jin bach? Neu win coch?'

'Na, wir. Sudd oren a rhew.'

'Wyt ti'n iawn, Els?'

'Ydw – dipyn yn flinedig o hyd, dyna i gyd. Gwranda, Dyl. Fyddet ti'n meddwl 'mod i'n od pe na bawn i'n byta hefo chi – fawr o archwaeth. Tasan ni'n cael mynd dros y sgript 'ma'n sydyn ella baswn inna'n cael noson gynnar.'

'Ocê hefo fi. Cyn belled â dy fod ti'n ffit erbyn fory!'

Ond dangosodd ei gonsýrn drwy gyffwrdd ei braich yn ysgafn. Roedd hi'n llwydaidd, meddyliodd Dylan. Tybiodd nad oedd ei gwelwder i gyd oherwydd blinder y siwrnai o'r de. Roedd hi'n dychwelyd i ardal ei phlentyndod ar ôl amser hir ac roedd hynny'n siŵr o fod yn brofiad od iddi. Ddywedodd hi erioed rhyw lawer wrtho am y plentyndod hwnnw a ddaru yntau erioed holi. Gwyddai ei bod wedi colli'i thad yn ifanc ond phwysodd o ddim arni am fanylion. Penderfynodd roi gofod iddi.

Doedd yna fawr o waith edrych ar y sgript, diolch i drylwyredd Dylan a'r ffaith ei fod o ac Elain wedi bod trwy bethau â chrib mân cyn gadael Caerdydd.

Cododd Elain. Roedd blas y sudd oren bron yn rhy felys ar ei thafod.

'Cofia, Els – os byddi di isio rhywbeth . . .' Yr hen gyfeillgarwch. Er bod y 'rhywbeth' yn golygu 'unrhyw beth'. Hyd yn ocd mynd i'r gwely. Ond doedd dim pwysau. Dim ond cynnig oedd o, yn crogi'n dyner rhyngddynt. Roedd ei lygaid o'n feddal, yn ddrysau ar agor o hyd . . .

'Diolch, Dyl.' Doedd ganddi mo'i ofn o. Roedd o yno iddi'n ddiamod. Dim cymhlethdodau. Diffuant. Ac yn haeddu'i gonestrwydd hi. Nid gêm oedd hon. Nid fflyrtio . . .

'Mi fydda i'n iawn. Bàth poeth ac ati . . .' Cynigiodd ei boch iddo. Mor syml â hynny. Sws mêts a 'nos dawch' a 'wela i di ar gyfer gwaith yn y bore'.

Roedd hi'n dal yn rhy gynnar i glwydo er ei bod yn tynnu at ddeg o'r gloch bellach. Roedd cwsg y prynhawn wedi drysu pethau braidd. Meddyliodd eto am Wil Bodhyfryd. Chwaraeai ei wahoddiad annisgwyl ar ei meddwl. Roedd hi wedi'i garu o unwaith. Ei garu'n fwy na neb, bron. Bron cymaint â Nain bryd hynny. Ond roedd hwn yn gariad gwahanol, yn llosgi'n felys yn ei pherfedd, yn deffro teimladau diarth braf na phrofodd hi mohonyn nhw'n iawn o'r blaen hefo neb.

Yn sydyn daeth awydd drosti i fod ar y traeth eto, y traeth cerrig ers talwm lle'r oedd ogo'r Ladi Wen fel ceg ddiddanedd yn y tywyllwch a sglein ar y lleuad fel caead sosban a hithau'n cynnig ei noethni i'r nos, i Wil . . .

Doedd 'na ddim lleuad y noson honno. Mentrodd Elain cyn belled â llwybr glan y môr. Byddai eu traeth nhw ers talwm yn rhy bell heno. Drachtiodd awyr y môr i'w 'sgyfaint. Roedd y tonnau pell yn anadlu'n rhythmig, rydd – anadlu torfol, tlws fel llond stafell o fabis wedi cael gafael yn eu cwsg ar yr un pryd . . .

Bu adeg pan dorrodd ei chalon yn hiraethu am Wil.

Y coleg a'u gwahanodd. Aeth Elain hefo fo a'i fam i Fangor i'w ddanfon at y trên. Roedd hi'n ddechrau hydref ac awel newydd sbon yn dechrau cael hyd i'w dannedd. Cofiai Elain y trên yn diflannu a Nan yn troi ati:

'Ewch chitha'n ôl i'r ysgol, Elaine. Dydi hi ddim yn rhy hwyr.'

Roedd hi eisoes wedi gwastraffu'r mis cyntaf. Parhau i weithio yn y Caffi Bach lle bu hi'n ennill ei harian poced drwy'r haf. Feddyliodd hi ddim am ei dyfodol. Nid â'i nain yn wael a phopeth. Feddyliodd neb drosti. Tan rŵan.

'Wn i ddim be faswn i'n neud yno . . . Cymraeg faswn i wedi lecio'i wneud . . .'

'Cymraeg amdani, 'ta!' Nan yn or-frwd. Nan ddim yn dallt.

'Ella na cha' i ddim . . . wedi bod mewn dosbarth ail-iaith . . .'

'Nid arnoch chi oedd y bai am hynny! Ewch i ofyn, Elaine. Fyddwch chi ddim gwaeth â gwneud hynny. Meddyliwch am eich nain . . .'

Aeth ar y bws ysgol drannoeth yn ei jîns. Dim ond mynd i holi yr oedd hi. I blesio Nan. Tynnu'i meddwl oddi ar Wil.

Aeth heibio i ystafell yr athrawes ail-iaith ac am Wilias Welsh â'i hyder yn ei dwrn. Ond roedd Wilias Welsh wedi'i daro'n wael yn ystod gwyliau'r haf ac roedd athro arall yn ei le. Ifanc. Hirwallt. Dim tei. Byddai'n enwog yn fuan iawn am sgwennu dramâu.

Ond am y tro, Noel Elis, pennaeth gweithredol Adran Gymraeg Ysgol Treflys oedd o.

'Isio dŵad yn f'ôl dwi. I neud Cymraeg.'

'Ti 'di colli mis.'

'Do, dwi'n gwbod. Ond nid dyna'r broblem . . .'

'Be gest ti yn dy Lefel O?'

'Dyna'r broblem.'

'Methu wnest ti?'

'Na. Gneud Cymraeg fel ail iaith . . . mi ges i'n rhoi yn nosbarth y dysgwyr . . .'

Caeodd Noel Elis y drws. Roedd 'na ddosbarth yn disgwyl tu allan. Hyrddiwyd eu sŵn yn ôl ac ymlaen rhwng waliau'r coridor. Eisteddodd yn flêr ar ymyl y ddesg, chwilio'i hwyneb.

'Be oeddat ti'n da yn fanno?'

Ceisiodd hithau egluro. Marwolaeth ei thad. Dim trefn ar bethau. Roedd hi'n adeg dewis pynciau. Yr hen ffurflen honno'n cyrraedd y tŷ eto fyth . . .

'Pa ffurflen, Elaine?'

'Ffurflen i'w harwyddo gan fy rhieni – i ddweud drwy pa gyfrwng roeddwn i i fod i wneud fy mhynciau – Cymraeg 'ta Saesneg. Mi ddoth 'na ffurflen debyg pan o'n i yn Standard Ffôr – cyn dŵad i fyny i Ysgol Treflys . . . Mi oedd pawb oedd hefo un rhiant Saesneg yn eu cael nhw . . . ond doedd dim gwahaniaeth bryd hynny – mi oedd Dad yn fyw . . .' Roedd hi wedi dechrau mwydro, swnio'n garbwl. Ychwanegodd, yn ymddiheurol bron:

'Saesnes ydi fy mam.'

Cododd ei phen. Edrych i'w lygaid am y tro cyntaf. Disgwyl cael ei gwrthod. Roedd o'n gwenu.

'Hitia befo,' meddai. Swniai'n hyfryd o glên. 'Saesnes oedd mam Waldo Williams hefyd, ond wnaeth hynny fawr o ddrwg iddo fo, naddo?'

Atebodd hi ddim, dim ond dal i syllu arno. Tybiodd yntau iddo ddeall pam, a dechrau ymddiheuro.

'Sori – fasat ti ddim wedi dŵad ar draws Waldo, wrth gwrs, a chditha'n dilyn cwrs dysgwyr . . .'

Styfnigodd hithau. Sbio'n bowld arno am ei bod hi'n flin.

'"Un funud fach",' meddai, '"cyn elo'r haul o'r wybren . . ."'

'Sut gwyddost ti am Waldo?' Roedd o'n craffu arni, yn trio'i orau i beidio sbio'n gegrwth.

'Nain,' meddai hithau. 'Rhoddodd ei chopi o *Dail Pren* i mi.'

Tynnodd Noel Elis ei law trwy'i wallt. Cododd. Cerddodd ddau gam. Chwibanu'n isel trwy'i ddannedd.

'Ail iaith o ddiawl!' meddai.

Doedd athrawon byth yn rhegi o flaen disgyblion. Roedd yr hirwallt yn wahanol. Mentrodd hithau wenu a gofyn:

'Dwi'n cael gneud Lefel A Cymraeg, 'ta?'

Ddywedodd o ddim y câi hi. Ddywedodd o ddim na châi hi. Dim ond dweud:

'Mi gei di sgwennu stori i mi'n gynta.'

Rhoddodd bapur iddi a'i hanfon i ystafell ddosbarth wag.

'Cymer d'amser,' meddai wrthi.

Roedd ei pherfedd yn dynn. Dyma'i chyfle hi. Roedd yr athro newydd 'ma'n rhoi cyfle iddi hi ei phrofi'i hun. I ddechrau eto. Llechen lân. Papur glân. Ymlaciodd. Roedd hi'n amser cinio pan ddychwelodd i ystafell Noel Elis.

'Stedda,' meddai. 'Tra 'mod i'n darllen.' Ac mi ddarllenodd. Yn ddistaw i ddechrau. Nes cyrraedd hanner ffordd. Ac anghofio'i bod hi yno wrth ddarllen yn uchel. Ei gwaith hi. Stori am hogyn ysgol wedi colli'i dad. Ei fam yn malio dim amdano. Roedd hi'n dda. Yn frawychus, annodweddiadol o dda, a'i haeddfedrwydd yn ingol. Roedd meistrolaeth y ferch ifanc 'ma ar iaith yn rhyfeddol.

'Dwi'n siŵr bod dy nain yn ddynas anhygoel, Elaine.'

'Ydi . . . oedd . . . nes iddi fynd yn sâl . . .'

Byddai'i llais wedi torri oni bai amdano fo. Trodd ei gefn arni, anwybyddu'r wybodaeth boenus yn fwriadol rhag iddi grio.

'Dyma chdi,' meddai. Pentwr o lyfrau. Roedden nhw yno'n barod ar ei chyfer cyn iddo ddarllen ei stori. 'Darllena. A thyrd yma fory mewn dillad addas. Ocê?'

'Ocê.' Gwyddai y gallai hi wenu arno rŵan. Fyddai Wilias Welsh byth wedi dweud 'ocê'.

Disgynnodd mewn cariad â'i hathro Cymraeg o'r funud honno. Roedd o'n llenwi'i breuddwydion yn lle Wil, er mai ei addoli o bell a wnaeth. Pasiodd y pwnc yn anrhydeddus ar ddiwedd ei dwy flynedd yn y chweched dosbarth, ac enillodd Noel Elis Goron yr Eisteddfod Genedlaethol. Welodd hi erioed mohono fo wedyn, ond anghofiodd hi ddim amdano. Anghofiodd hi mo Wil Bodhyfryd chwaith. Bu'r ddau'n bwysig iddi, yn ei chynnal drwy gyfnodau gwahanol yn ei bywyd. Ond rŵan, roedd Wil yn ei ôl, yn gig a gwaed ac yn ei gwahodd allan. Peidiodd â bod yn rhith, yn rhan o rywbeth a fu.

Roedd hi'n amlwg ei fod o wedi dychryn pan welodd o hi heddiw yn y siop. Gwyddai Elain bod eu cyfarfyddiad annisgwyl wedi cyffwrdd rhywbeth ynddo. Cyffyrddodd rywbeth ynddi hithau hefyd. Hwn oedd ei chariad cyntaf go iawn. Yr un aeth â'i gwyryfdod hi. Nid hynny oedd yn ei hanesmwytho chwaith. Na. Roedd 'na rywbeth arall. Rhyw hen drydan o'r gorffennol na ddylai fod yn bod. Hwnnw oedd y bwgan. Y dychryn mawr. Oherwydd nad oedden nhw mo'r un rhai, bellach. Mo'r un bobol.

Dychwelodd i'r gwesty. Roedd ei hwyneb yn oer. Archebodd frechdan ham a the yn ei hystafell. Doedd dim blas ar y bwyd. Cynyddodd ei hanniddigrwydd. Roedd y môr mor agos ac eto mor rhwystredig o bell. Byddai sŵn y tonnau wedi'i suo hi. Cerddodd y cloc. Hanner nos yn mynd yn un. Roedd ysbrydion ddoe'n ei haflonyddu, yn gorws yn ei phenglog, a llais Wil yn uwch na'r un.

Ofnai gysgu. Ofnai'i breuddwydion. Roedd stafell Dylan ar hyd y landin. Dri drws i ffwrdd. 'Cofia, Els

... os byddi di isio rhywbeth ...' Byddai gwres ei gorff yn gysur. Traed oer. Chwerthin. Rhyddhau tensiynau. Pris bychan fyddai'r rhyw. Roedd arni angen yr agosatrwydd, rhywun i afael amdani heno ...

Cerddai'n droednoeth. Gallai deimlo'r llawr yn anwastad dan y carped tenau. Bu bron iddi guro ar ei ddrws. Y lleisiau a'i hataliodd. Llais Dylan. Llais merch. Bob yn ail. Sŵn dau. Chlywodd hi mo'u geiriau, dim ond dychmygu eu noethni. Daeth pwl o genfigen oer drosti wrth feddwl am Dylan yn ffwcio rhywun diarth. Cenfigen annaturiol, afresymol. Roedd ganddo berffaith hawl. Doedd o ddim yn atebol iddi hi. Ond theimlodd hi fawr gwell o sylweddoli hynny. Yn hytrach roedd yn ddig wrtho am ei gynnig ei hun mor fyrbwyll iddi gynnau.

Roedd hi'n dda o beth na wyddai hi ddim mai'r ddysgwraig fronnog o'r tu ôl i'r bar oedd hefo fo yn y gwely, mai honno o bawb oedd wedi'i hamddifadu o'i chysur. Byddai yfory'n hen ddigon anodd heb wybod hynny.

7

Roedd hi'n dal i hoffi bwyd môr. Plesiodd hynny Wil. Dyna arbenigedd y tŷ yn Basini's.

'Dwi'n falch dy fod ti wedi gallu dod heno. Diolch i ti.'

'Na, Wil. Diolch i ti.'

Nid mân siarad clên oedd o, er bod y gwin coch wedi dechrau'i lapio'i hun o gwmpas ambell i gymal. Roedd pethau'n haws nag a feddyliasai Elain, ac roedd Wil mor barod i siarad. Yn rhy barod, bron. Roedd hi fel petai o wedi disgwyl yn hir am gyfle i fwrw'i fol. Newydd gael ei ysgariad oedd o.

'Peth rhyfedd ydi o, Nel. Ti'n ysu am gael 'madael â'r person arall 'ma o dy fywyd, ac yna, wedi i hynny ddigwydd, mae 'na ryw chwithdod od yn dŵad – mae angen dysgu dygymod – ac eto, nid hiraeth ydi o . . .'

'Na, nid hiraeth,' meddai hithau. Rhywsut, rŵan bod y gwin wedi cynhesu, doedd 'na ddim digon ohono fo.

'Be? Ti'n siarad o brofiad?'

Hoeliodd hithau'i sylw am ennyd ar y lilis mawr trofannol mewn powlen fawr wydr ar ymyl y cownter pîn. Roedden nhw'n lân o hardd, fel pennau lleianod.

'Sbel go hir yn ôl rŵan. Steffan Llŷr. Dyn sain efo'r Bîb.'

'Fuoch chi'n briod yn hir?'

'Yn ddigon hir i ddwyn ei enw fo!'

Edrychodd Wil yn hir arni, yn ddigon hir i'w

hanesmwytho. Ddywedodd o ddim byd, dim ond tywallt mwy o win.

''Sgin ti neb arall felly?' mentrodd Elain. 'Ers Bethan?'

Rowliodd Wil y *merlot* coch o gwmpas ei geg cyn ateb. Blas cyrains duon.

'Na. Dim ond yn ystod Bethan.'

Doedd yna ddim ateb i hynny felly yfodd hithau. Roedd Wil yn gwylio'i gwefusau.

'Be amdanat ti, 'ta, Nel?'

'Newydd ddod allan o berthynas.' Anadlodd. Disgwyl i gyllyll bach y geiriau 'i phigo yn nhwll ei gwddw. Ddaru nhw ddim. Felly mentrodd yn ei blaen. Eu gwthio i gornel er mwyn gweld beth fyddai'n digwydd. Dim ond geiriau oedden nhw.

'Mi oedd o'n hŷn na fi.'

'A hynny'n faen tramgwydd?'

'Nag oedd.' Synhwyrodd bod ei llais yn ymylu ar fod yn ymosodol. 'Gwrthod gadael ei wraig ddaru o!'

Dyna hi wedi'i ddweud o. Safai'r gwir yn dalsyth rhyngddyn nhw, yn oer 'run fath â'r lilis.

''Dolig oedd hi. Mi adawodd o i gyfeiliant ugeinfed consierto Mozart. Yn D Leiaf!' Gwenodd yn gam arno.

'Arglwydd, wyddwn i ddim dy fod ti mor gerddorol!'

'Damweiniol hollol oedd hynny. Digwydd pwyso botwm ar y radio wnes i. A chael *Classic FM* am hanner nos. Finna'n llowcio jin yn fy nresing-gown hyllaf, a sanau dringo tew am fy nhraed am ei bod hi'n eira tu allan. Meddylia. Mi fasai'n well tasa fo wedi cael Bing Crosby'n canu *'White Christmas'*! Ond Mozart gafodd o. Doedd o ddim yn haeddu cerddoriaeth mor ddramatig, nag oedd – nid a fynta'n trio sleifio allan mewn pŵd a'i dronsiau yn ei bocedi, a sanau gwahanol liwiau am ei draed!'

Wrth wrando arni hi ei hun, swniai'r cyfan bron yn ddoniol. Teimlodd Elain ryddhad sydyn, rhyw ysfa i chwerthin, a gwybod na ddylai hi; roedd hi fel petai hi newydd ddweud jôc wrth rywun mewn angladd. Estynnodd Wil ar draws y bwrdd a chydio'n ddigymell yn ei bysedd hi. Camgymeriad. Teimlodd ei migyrnau'n fferru o dan ei gyffyrddiad a thynnodd ei law yn ôl. Ofnodd Wil bod ei fyrbwylltra wedi dryllio'r agosatrwydd newydd 'ma'n barod, ond meddai hi'n sydyn a'i llygaid hi'n niwlio fel gwydryn:

'Dwi ddim yn gwbod pwy ydw i, Wil. Ddim go iawn. Mae 'na adegau da – pan dwi'n credu 'mod i'n iawn, yn ocê, a wedyn mae 'na rywbeth yn drysu pethau, rhyw hen gnonyn yn cnoi tu mewn i mi, rhyw hen hiraeth . . .'

'Tyrd adra efo fi, Nel!'

Sychodd hithau'i llygaid. Chwcrthin ar yr un pryd.

'Dwyt ti ddim wedi prynu pwdin i mi eto!'

Roedden nhw ill dau'n ymwybodol mai ysgafnder gwneud oedd o, cyfle iddyn nhw hel eu gwynt atynt yn sydynrwydd y peth 'ma oedd newydd eu bwrw nhw. Y sylweddoli. Gwyddai'r ddau'r funud honno y byddent yn gadael y tŷ bwyta i fynd i'r gwely.

*   *   *

Roedd hi'n oerach nag y dylsai noson o Fai fod. Teimlai Elain yn od o swil pan roddodd Wil ei fraich yn ysgafn am ei chanol wrth ei harwain at y car. Gorweddai'r gwin yn dyner dros ei synhwyrau fel cynfas sidan. Ond roedd hyn i gyd yn fwy na dim ond gwin coch a blinder. Teimlai'n saff ac eto'n gyffro drwyddi. Roedd hi'n falch pan gyrhaeddon nhw'r car, ac yn dyheu am ei chau'i hun mewn capsiwl o gynhesrwydd. Cau oriogrwydd Mai allan.

Pan gydiodd Wil yn ei llaw, gallai Elain synhwyro'r cryndod ynddo, rhyw wefru tyner oedd yn ei chymell i gau'i bysedd yn dynnach am ei rai o.

''Sgin ti syniad o gwbl, Nel, pa mor nerfus ydw i rŵan?'

Sibrydiad. Cyfaddefiad yn y tywyllwch. Oren lampau'r stryd yn llenwi'r car â golau sepia rhyfedd: lliw hen-lun-ers-talwm a nhwtha yn ei ganol o. Pan gusanon nhw, roedd hi'n gusan hir. Roedden nhw ill dau'n yfed ohoni. Nid cusan y gwirioni cyntaf oedd hi. Nid rhyw damaid chwareus i aros pryd. Roedd hi'n rhywbeth heblaw cusan, yn clymu eu hofnau'n un, yn torri garw'r blynyddoedd. Yn eu hatgoffa bod 'Tyrd adra hefo fi' yn wahoddiad melys fel y te bach ei hun ers talwm – jam riwbob cartra a theisen fwyar duon a hufen o haul yn dew drwy'r gegin hir . . .

A dyma nhw. Unwaith yn rhagor. Cusanu mewn car. Car ei fam o bryd hynny. Wil yn cael benthyg car ei fam i fynd â'i gariad am dro. Chwilio am lonydd coediog, cul, symud cefnau seddi er mwyn gwneud lle i garu . . .

Unwaith yn rhagor. A'r nos yn oeri o'u cwmpas. Cusanu. Nes bod eu heneidiau'n cyffwrdd.

8

Eisteddodd Wil ar erchwyn y gwely a'i gwylio'n cysgu. Doedd hi'n gwneud dim sŵn. Prin y gallai 'i gweld yn anadlu. Fel Eira Wen yn ei thrwmgwsg. Ond nid stori dylwyth teg mo hon. Roedd gwres y noson gynt yn dal ar gledrau'i ddwylo, a'r cyfan yn rhy afreal a thlws i fod yn digwydd iddo fo go iawn. Ond mi oedd o'n digwydd. Wedi digwydd. Glynai glaw ar y ffenest yn lafoerion hir. Bu'n noson stormus. Buont ym mreichiau'i gilydd yn gwrando ar druth y môr. Dyma oedd dod adra, meddai hithau wrtho. Cysgu yn sŵn y môr. Tynhaodd ei freichiau amdani. Roedd eu caru, gynnau, wedi cyrraedd eithafion ei fod. Fynta'n dweud, o ganol ei angerdd:

'Be ddigwyddodd i ni ers talwm, Nel? Yn colli'n gilydd?' Ac roedd yntau'n euog. Fo aeth i ffwrdd. ''Dan ni wedi gwastraffu blynyddoedd ar bobol eraill!'

Hithau wedyn yn dweud yn dyner eu bod nhw'n ifanc bryd hynny. Yn rhy ifanc. Tynnodd ei bys yn ysgafn dros linell ei wefus:

'Doeddan ni mo'r un bobol yr adag honno, Wil.'

Mo'r un bobol. Oedden nhw'n gallach rŵan, felly? Doedd arno ddim isio ateb ei gwestiwn ei hun. Felly gofynnodd iddi hi. Roedd ei llygaid yn fawr, wedi agor fel blodau.

'Pwy oeddat ti'r adag honno, 'ta? Pwy oedd Elaine?'

'Mi wyddost ti'n well na neb, Wil Bodhyfryd!'

'Tybad?'

'Chdi oedd y cynta . . .'

'Nid dyna dwi'n ei feddwl.'

'Be, 'ta?'

'Dim ond y garwriaeth fach gynnar honno oedd gynnon ni. Dwi'n cofio dim arnat ti'n blentyn bach. Wnes i ddim dod i dy nabod di nes oeddat ti'n bedair ar ddeg . . .' Cofio'i thad. Cofio'r holl hanes erchyll. Cofio'r angladd. Ei llais hi a ddaeth â fo'n ôl ati.

'Faint haws fasat ti o fod wedi fy nabod i'n blentyn?'

'Wn i ddim; cael gwbod mwy amdanat ti . . .'

'Er mwyn i ti gael sbio arna i drwy 'ngorffennol, ti'n feddwl!'

Roedd tinc cyhuddgar yn ei llais. Wyddai Wil ddim sut i ymateb am ennyd. Roedd arno ofn iddi gilio, fel roedd hi wedi bygwth gwneud droeon y noson honno. Cau ei meddwl rhagddo. Yn ei ofn cusanodd ei gwallt a theimlodd ei chymalau'n ymlacio yn ei erbyn drachefn. Hi ddewisodd fynd yn ôl at yr un sgwrs.

'Mi oeddwn i'n blentyn croendena. Crio'n hawdd.' Roedd ei llais yn feddalach. Llais angen siarad. Roedd hi'n iawn rŵan iddo holi. Cynigiai wres ei chorff iddo fel cath fach yn hel mwythau.

'Be fydda'n gneud i ti grio?'

'Bob matha' o betha'. Bob dim trist. Anifeiliaid yn diodda. Pobol yn marw. Mi oedd geiriau'n fy mrifo i'n fwy na dim – sŵn pobol yn ffraeo; pobol yn deud 'mod i'n dew . . .'

'Doeddat ti ddim yn dew.'

'Oeddwn, yn naw oed. Y dewa' yn y dosbarth. Gwallt cyrliog hir a gwên lydan i guddio tu ôl iddi. Mi ddysgish i reoli 'mhwysau erbyn cyrraedd yr ysgol uwchradd. Fy ngorfodi fy hun i gofio'r cywilydd o fethu cael dillad i ffitio . . .'

Roedd o wedi'i hanwesu hi wedyn, tynnu'i ddwylo drosti fel petai'n ei mowldio o'r newydd.

'Ti'n berffaith,' meddai wrthi. Roedd ei chroen yn llyfn a chynnes.

'Ti'n rwdlian,' meddai hithau.

Ond gwyddai Wil iddo'i phlesio. A doedd o ddim wedi gwenieithu. Roedd hi'n hardd. Yn wahanol, ac eto . . . Yr un oedd y wên, y dannedd bychain, y dwylo hir, main. Yr un oedd yr ansicrwydd hefyd. Cywilyddiodd Wil wrth feddwl am hynny. Am feddwl am hynny. Dyma fo eto, y seiciatrydd yn dadansoddi'n ddistaw heb yn wybod bron iddo fo'i hun. Y doctor pennau'n chwilio am atebion.

'Wil?' Ei llais yn gynnes gan gwsg. 'Faint o'r gloch . . . ?'

'Chwech.' Sylweddolodd eto nad oedd o ddim wedi rhoi cyfle iddi orffen gofyn a phrysurodd i ychwanegu: 'Mi gysgaist ti fel twrch!' Wedyn difarodd yn syth iddo ddweud rhywbeth mor glogyrnaidd o ddiramant. Twrch. Da iawn rŵan, Bodhyfryd! Deg allan o ddeg am dy delynegwch.

'Wnes i ddim chwyrnu, gobeithio!'

Rêl cwestiwn dynas, meddyliodd Wil. Roedd hi

wedi codi i bwyso ar un penelin a disgynnodd cynfas y gwely oddi ar ei bronnau noeth.

'Naddo, wnest ti ddim chwyrnu. Dim ond siarad yn dy gwsg . . .!'

'Be?' Yn sydyn roedd hi ar ei heistedd, wedi deffro'n llwyr, a'i gwallt yn ddryswch synhwyrus, gwyllt. 'Be ddudish i . . .?'

'Dim. Dim byd. Dim ond tynnu arnat ti oeddwn i . . .'

Estynnodd Wil amdani, ei gwddw, ei hysgwydd, rhedeg ei fawd yn ysgafn dros ymyl un deth siocledaidd. Ond collwyd hud y foment. Roedd Elain yn gwlwm o dyndra, ei llygaid wedi dechrau cribo'r ystafell yn frysiog wrth chwilio lle y disgynnodd ei dillad neithiwr, chwilio am wyneb y cloc . . .

'Fiw i mi fod yn hwyr. Bore cynta'r ffilmio. Rhaid i mi gyfarfod y lleill am naw . . .'

'Nel, ma' 'na deirawr tan hynny.'

Roedd hi'n crynu'r mymryn lleiaf er nad oedd yr ystafell yn oer. Llithrodd Wil yn ôl i mewn i'r gwely ati gan ddisgwyl iddi wrthod ei gyffyrddiad am yr eildro. Ond synnodd at ei pharodrwydd i swatio yn ei gesail.

'Gafael amdana i, Wil.' Ei gwallt yn llawn arogleuon melys. Ceirios a mêl. 'Gwasga fi'n dynn.'

Wil yn gwneud. Wil yn cofio ers talwm. Cofio'r lleuad yn gwrando.

'Be sy, Nel?'

Tri gair bach. Syml. Be sy, Nel? Ond y ffordd y dywedodd o nhw. Ei lais o. Be sy, Nel? Mewn llais oedd yn dangos bod ots ganddo fo. Mewn llais oedd yn newid holl ystyr y geiriau. Llais oedd yn gwneud i 'Be sy?' swnio fel 'Dwi'n dy garu di'. Tri gair yn dod â ddoe yn ôl. Tri gair yn caniatáu iddi grio heb gywilydd.

'Dwi'n cael yr hunlle 'ma. Yr un un bob tro. A mae hi'n dŵad yn amlach rŵan – a weithia mi fydda i'n gweiddi yn 'y nghwsg . . .'

'Be ti'n feddwl "yn amlach rŵan"? Ers faint wyt ti'n ei chael hi?' Y doctor ynddo'n holi. Yn synhwyro'i hangen i ymddiried ynddo. Felly pwysodd arni'n dyner. 'Dywed wrtha i, Nel.' Blas y môr ar ei dagrau hi. Blas nofio'n noeth. 'Dywed wrtha i.'

Disgwyliodd iddi sôn am farwolaeth ei thad. Ei thad yn mynd dros Drwyn Carreg y Diafol. Digon i roi hunllefau i unrhyw un. Doedd hi byth wedi gallu dygymod â'r peth. A rŵan, wrth orfod holi Llew Preis, deuai'r cyfan yn ôl. Disgwyliai Wil, yn dawel hyderus, iddi ddweud hynny wrtho. Teimlai'n agos ati rŵan. Ei dagrau hyd ei wddw. Hyd ei fynwes. Cusanau gwlyb o ddagrau.

'Ma' 'na goridor hir, diddiwedd – lleisiau'n dwrdio, babi – babi'n crio . . .'

Na. Nid dyna oedd o felly. Nid Ifan yn boddi. Roedd Wil isio torri ar ei thraws. Babi? Pa fabi? A'r seiciatrydd ynddo'n ymbwyllo, yn dal yn ôl rhag atal y llif . . .

'Fy mabi i, Wil. Mi ges i fabi. Yn bedair ar bymtheg. Ar fy ail flwyddyn yn y coleg. Merch fach.

A'i rhoi hi . . . i'w mabwysiadu . . . Ma'r euogrwydd yn fy lladd i o hyd . . .'

Roedd olion malwodaidd y bore bach bellach wedi ildio'n llwyr i olau dydd. Gadawodd Wil i sŵn y tonnau trwy'r ffenest agored rowlio i'r bwlch yn y sgwrs. Iddo fo gael meddwl. Treulio'r wybodaeth newydd, annisgwyl. Ysgytwol. Dod i delerau â'r ffaith fod gan Elain ferch ddwy ar hugain oed yn rhywle, merch na welodd hi mohoni ers dydd ei geni.

'Ychydig oriau. Dyna'r cyfan gawson ni, y hi a fi. Cyn iddyn nhw fynd â hi. Dyna'r fargen . . .'

'Y fargen?'

'Fedrwn i ddim edrach ar ei hôl hi, Wil – ar ganol cwrs coleg – wedi colli Nain . . .' Cododd ar ei heistedd eto fel petai arni angen rhoi gofod rhyngddynt er mwyn egluro'n iawn. Tynnodd ei phennaglinia at ei gên, cau'i llygaid. Roedd hi'n edrych mor ifanc o hyd. Mygodd Wil yr ysfa i gydio ynddi a'i chwtsio'n dynn.

'Rhyw sbrych o Sais oedd ei thad hi.' Mentrodd wên gam. 'Cyw twrna ar ei flwyddyn ola. Fûm i 'rioed mewn cariad hefo fo, cofia.' Fel roeddwn i hefo chdi, meddai'r distawrwydd wrth Wil. Distawrwydd pigog, poenus. A siaradodd Wil ar ei draws, am ei fod o'n dechrau edliw pethau iddo.

'Be ddigwyddodd, Nel?' Staeniau perlog dros y bae. Awyr y bore fel y tu mewn i gragen. Awyr ifanc.

'I'r babi?'

'Ei rieni fo ddaru'i mabwysiadu hi. Digon o bres

yno. Mi oedd ei dad o'n farnwr yn yr Uchel Lys. Yn dallt petha. Yn enwedig sut i fanteisio ar naïfrwydd hogan ifanc feichiog, ddespret. Mi fuo'n rhaid i mi arwyddo cytundeb cyn ei geni hi – trosglwyddo pob hawl cyfreithiol drosti iddyn nhw. Roedd hi'n hawdd bryd hynny, yn doedd? Cyn i mi 'i gweld hi 'rioed. Cytuno i dorri pob cysylltiad. Finna heb geiniog, nunlla i droi. O, oedd. Mi oedd hi'n hawdd. Nes i mi fynd drwy boenau'r enedigaeth, ei chlywed hi'n gweiddi am y tro cynta . . .'

Roedd llais Elain yn fwy gwastad rŵan, yn caledu hefo'r cofio.

''Sgin ti ddim syniad lle ma' hi?'

Ysgydwodd ei phen.

'Yn Lloegr yn rhywle. Wedi cael ei magu'n Saesnes fach. 'Fath â'r Dywysoges Gwenllïan. Felly y bydda i'n meddwl amdani hefyd, 'sti, Wil. Fel Gwenllïan. Fy Ngwenllïan fach i. Enw felly 'swn i wedi'i lecio . . .'

'Ifanc oeddet ti, Nel.' Roedd ei llaw hi'n oer, gwyn ac oer. Llaw môr-forwyn hefo bysedd main. 'Doedd gen ti ddim dewis.'

'Oedd, Wil. Mi oedd gen i ddewis.' Tynnodd ei llaw yn ôl. 'Ma' gynnon ni i gyd ddewis. Penderfynu ar y dewis iawn ar y pryd – dyna 'di'r gamp.'

'Dydan ni ddim yn llwyddo i wneud hynny bob tro, Nel.' Roedd o'n ei gynnwys ei hun yn hynny. 'Ma' gwneud camgymeriadau'n anorfod mewn bywyd.'

'Ti'n deud!'

'Dim ond ein bod ni'n medru symud ymlaen – dysgu oddi wrthyn nhw . . .'

'Dysgu byw hefo nhw, ti'n feddwl.'

Roedd hi'n chwerw rŵan a doedd hynny ddim yn gweddu iddi. Roedd Elain yn rhy agos ato ym mhob ffordd iddo allu bod yn wrthrychol. Teimlai Wil yn anniddig. Doedd o ddim hyd yn oed yn siŵr a oedd o'n teimlo rhyw gymaint o genfigen tuag at y myfyriwr hwnnw ers talwm, y dieithryn 'ma, yn creu plentyn hefo hi. Er nad oedd hynny'n fwriad ganddyn nhw. Er na welodd hi mo'i babi wedyn . . .

'Panad?' Roedd hynny'n haws. Troi'r stori. Am rŵan. Llithrodd Wil o'r gwely cyn iddi gael amser i ateb. Roedd o isio llenwi'i ben am ychydig hefo'r pethau cyfarwydd. Isio teimlo llyfnder caled y llawr coed dan ei wadnau noeth. Isio sŵn tegell, llenwi'r lle ag ogla coffi . . .

'Ti isio help?'

Roedd hi'n gwisgo'i grys o. Wedi codi'r crys oedd o'n ei wisgo neithiwr oddi ar y llawr a'i roi amdani. *Pierre Cardin.* Crys glas. Fel y môr yn ei llygaid hi. Daeth hi'n nes ato. Môr. Fel y môr. Glas glas. Tethi fel cregyn yn glynu wrth graig, llygaid meheryn o dethi, crynion, celyd, yn herio ysgafnder y deunydd drud.

'Sori – dim ots gen ti, nac'di? Doedd gen i ddim gwnwisg . . .' Rhyw chwarae-ymddiheuro. Gwybod pa mor rhywiol oedd hynny – ei grys o dros ei noethni.

'Mae o'n edrach yn well amdanat ti na ddaru o 'rioed amdana' i . . .!'

Ond roedd hi'n gwybod hynny.

'Ty'd yma, Nel . . .'

Coffi Colombia, ogla'i ddüwch meddwol, cynnes. Ei chroen hithau. Melys. Cynnes. Wil yn ei chodi hi. Roedd hi'n od o ysgafn. Ystwyth. Ei chodi i eistedd. Hithau'n uwch na fo. Plygu drosto fo. Ei wallt o'n feddal yn erbyn ei bronnau. Y cownter cegin marmor du yn llyfn, oer. Cerrig-glan-môr o oerni oddi tani a hithau'n llithro . . .

'Nel . . .!'

Ei henw, ac yntau'n ymollwng. Fel y tro cynta 'rioed. Ei henw'n grwn ar ei wefus. Mor syml. Nel. Dyna'i henw. Pam felly na fedrai hi dderbyn mai hi oedd y Nel honno? Nid Elain. Nid Elaine. Ond Nel. Ei Nel o. Nel wedi dod adra.

Pam nad oedd hyn yn ddigon?

'Nel, dwi'n dy garu di – dwi'n dy garu di ers erioed . . . Nel . . .?'

Efallai. Efallai 'i fod o'n ddigon. Wil yn agor ei galon. Rho ateb iddo, 'ta. A finna, Wil. Dyna mae o isio'i glywed rŵan er mwyn gwneud popeth yn berffaith. Syml. A finna. Dim byd symlach. Tybed . . .?

'Nel . . .?'

Hithau'n ymddatod yn dyner. Llygaid ar gloc y gegin oedd yn edliw'r munudau.

'Ma'n rhaid i mi gael cawod, Wil! Sbia faint o'r gloch ydi hi . . . Ei di â fi i lawr i Dafarn yr Angor wedyn, wnei di . . . ma' 'nillad i i gyd yno . . . angen trin 'y ngwallt ac ati . . . 'sgin i ddim byd hefo fi . . .!'

'Siŵr iawn.' Wil yn teimlo'n fregus. Tu mewn. 'Mi a' i â chdi, siŵr iawn . . .' I ben draw'r byd, os leci di. Mi ddo' i hefo chdi.

Coffi'n oeri heb ei gyffwrdd.

Roedd Elain Llŷr yn gorfod bod yn ei gwaith am naw.

9

Y môr yn annaturiol o las. Fel llun mewn llyfr i blant bach. Glas potel Tŷ Nant. Gwydrog. Miniog. Brifo'i llygaid hi.

'Ewch chi i edrach am eich mam tra'ch bod chi i fyny 'ma, Elaine?'

Doedd Elain erioed wedi sylweddoli cymaint o hen bitsh oedd Gwen Preis wedi'r cyfan. Mynnai'r ddynes ei galw wrth ei hen enw o'r cychwyn cyntaf, hyd yn oed yng ngŵydd Dylan a'r criw. Chymrodd rheiny fawr o sylw o'r peth, dim ond tybio mai camgymeriad gwraig ffwndrus oedd o, a'i anwybyddu. Gwyddai Elain yn wahanol. Doedd 'na ddim byd yn ffwndrus ynglŷn â Gwen. Roedd ei llygaid yn rhy fyw, yn rhy llym. Roedd hi fel petai yna ryw ysfa ynddi i gael y llaw ucha ar bethau.

Roedd ei chroeso'n chwerthinog a brwd a'i gwallt wedi'i setio'n gadarn y bore hwnnw – Dorothy wedi agor ei siop wallt yn y pentref am hanner awr wedi wyth yn arbennig i Gwen. Tywynnai'i gruddiau o hyd â gwrid y sychwr gwallt – rhyw bincdod sgleiniog, cimychaidd a barai i'w thalcen uchel edrych yn uwch o dan y crystyn o gyrls tyn. Cynigiai baneidiau o de a bara brith yn hael a gwelodd ei chyfle'n syth pan wrthododd Elain fwyta dim drwy ddweud:

'Nefi annw'l, dowch o'na, wir! 'Dach chi'n ddim ond croen am asgwrn!' Geiriau gor-glên a'u brath yn dilyn gyda: 'Nid fel oeddach chi ers talwm, yn rholan fach lond eich croen yn mynd i'r ysgol ym Mhorth Gorad 'ma. Ac efo'i nain bydda hi bob amser hefyd, yn byw a bod . . .' Hyn i gyfeiriad Huw Camera a oedd mewn gwirionedd, sylweddolodd Elain yn ddiolchgar, yn rhy brysur yn gosod ceblau ac offer i dalu unrhyw sylw go iawn i barablu Gwen Preis. '. . . Er mai tebyg i'ch mam ydach chi o ran edrychiad hefyd, Elaine!'

Tarodd Llew Preis ei getyn yn erbyn bar ucha'r grât. Beth oedd yn bod ar Gwen heddiw? Tebyg i'w nain oedd yr hogan, neno'r Tad. Roedd hynny'n amlwg i unrhyw un. Ond roedd Llew yn adnabod ei ferch. Roedd hi'n medru bod yn frwnt ei thafod hefo pobol yn aml, a hynny'n fwriadol. Bu hyn yn loes calon i Llew ar hyd y blynyddoedd. Roedd hi'n ferch iddo, ei unig ferch, ac roedd o'n ei charu. Er ei bod hi'n ymdebygu i'w mam wrth fynd yn hŷn, mewn pryd a gwedd yn unig oedd hynny. Un addfwyn fu Phyllis druan erioed. Wyddai Llew ddim lle cawsai Gwen ei gwenwyn. Doedd o ddim yno pan oedd hi'n ieuengach. Roedd yn wir, cyfaddefai Llew wrtho'i hun, i'w ferch etifeddu ei ddiffyg goddefgarwch yntau o ffolineb pobol ac ni fu hithau'n gyndyn o fynegi'i barn ynglŷn â hynny wrth unrhyw un a sathrai'i chyrn. Na, fu Gwen erioed yn fyr o 'ddweud ei dweud', ond eto i gyd, roedd rhyw rinwedd yn hynny, rhyw onestiwydd a ymylai ar ddiniweidrwydd. Erbyn hyn roedd ei siarad diflewyn-ar-dafod yn fwy na hynny. Yn beryclach. Roedd hi fel petai brifo teimladau pobol eraill wedi mynd yn rhan annatod o'r 'gêm' iddi: gwthiai ffiniau'i geiriau fwyfwy er mwyn gofalu eu bod nhw'n clwyfo.

Roedd Elain a Dylan tu allan i'r drws yn ymgynghori ynglŷn â rhywbeth yn y sgript, a Huw wedi picio allan i nôl rhywbeth o'r car. Dyma gyfle Llew. Trodd i syllu ar Gwen, chwilio am fyw ei llygaid.

''Dach chi'n iawn, Dad bach?' Y tynerwch a gadwai ar ei gyfer o'n unig.

'Oes raid i ti fod mor egar hefo'r hogan 'ma, Gwen?'

Wadodd hi ddim. Sarhau'i thad fyddai hynny. Trodd oddi wrtho i stwna'n ddiangen hefo pot blodau ar sil y ffenest.

'Be wnaeth hi erioed i ti, i ti fod isio . . .?'

'Ofn i chi gael eich styrbio hefo hyn i gyd, dyna'r cyfan!' Ei llais yn rhy uchel i fod yn gwbl naturiol. 'Yr holl holi a stilio. Codi bob mathau o hen grachod . . .' Er ei bod yn gwybod yn ei chalon nad oedd y rhaglen yn poeni dim ar Llew. I'r gwrthwyneb. Er gwaetha anhunanoldeb ei wrhydri dros y blynyddoedd, roedd o'n eitha mwynhau bod yn arwr erbyn hyn. Aeth Gwen ati'n frysiog effeithlon i gasglu cwpanau gweigion a chodi briwsion oddi ar gadeiriau.

'Dowch, wir, Dad – 'dach chi ddim yn mynd i newid y crys 'na cyn iddyn nhw ddechrau'ch ffilmio chi . . .?'

Egni ei geiriau'i hun yn symud Gwen ymlaen, yn ei chodi uwchlaw cerydd ei thad a throi'i eiriau yntau'n ddim. Llew'n symud yn araf. Y grisiau'n gwingo dan ei draed, yn flinedig fel yntau. Ogla glân trwy'r tŷ. Polish a blodau. Crys glân ar ei wely. Crys wedi'i smwddio'n berffaith.

A Llew oedd yr un a deimlai'n euog.

*   *   *

Un o'r gloch. Mi fyddan ni'n stopio am ginio tua'r un 'ma. Dyna ddywedodd hi. Ysai Wil am godi'r ffôn. Hiraethai amdani'n barod, am neithiwr. Fedrai o feddwl am ddim byd ond amdani hi. Gohiriodd fynd yn ei ôl i'r gwaith tan drannoeth. Methodd fwyta. Rhoddodd gynnig di-lun ar ddarllen. Crwydrodd trwy'r tŷ o stafell i stafell a gweld lle bu hi, er nad oedd dim o'i phethau yn unman. Dim sgarff. Dim hosan. Dim potel siampŵ. Ond i Wil, roedd Elain yno o hyd, yn llenwi'r lle, er na fu hi ddim ond yno am noson. Roedd arogleuon ei phersawr yn y gwely blêr, yn gymysg ag arogleuon eu caru. Roedd ei chorff yn dal i lenwi glesni'i grys o. Ymdrybaeddodd am ychydig yn nigwyddiadau'r noson gynt cyn cyfaddef wrtho'i hun, fel dyn yn wynebu salwch difrifol, ei fod o mewn cariad. Ma' hi wedi dy ddal di, Bodhyfryd. Waeth i ti ei wynebu o ddim. Ti wedi gwirioni dy ben a rŵan mae'n rhaid i ti dalu'r pris.

Chwiliodd am ei siaced. Waled. Allweddi'r car. Cysuron dyn gwâr cyn wynebu'r byd. Cafodd gipolwg arno'i hun yn y drych mawr wrth droed y grisiau cyn mynd allan. Golwg bruddglwyfus arno braidd. Llygaid aflonydd. Gormod o ansicrwydd ynddyn nhw i weddu i ddyn mewn cariad. Caeodd y drws ar ei ôl, ac ymbalfalu yn ei boced am ei sbectol haul.

*   *   *

'Mam?'

Chelodd Nan mo'i syndod o weld ei mab mor fore.

'Dest ti ddim yn ôl i'r gwaith heddiw, 'ta? Mi gest bwl go ddrwg, mae'n rhaid . . .'

Do, meddyliodd Wil yn gysetlyd. Ond nid o'r ffliw . . .

'Siawns am banad, oes?'

'Teciall newydd ferwi,' meddai Nan â'i llygaid ar ei wyneb. 'Pa wynt sy wedi dy chwythu di yma mor fore, 'ta? Oes 'na rywbeth yn . . . ?'

'Dwi ddim yn styrbio'ch brecwast chi, gobeithio?' meddai Wil yn gyflym gan ysgwyd y pecyn miwsli'n swnllyd. 'Dal i fyta'r bwyd llo 'ma, dwi'n gweld!'

'Stedda'n llonydd yn fan'na, camp i ti, a phaid â throi'r stori!' Er y ffug-awdurdod chwareus yn ei llais, ni lwyddodd Nan i gelu'i chwilfrydedd na'i chonsýrn. Disgwyliodd i Wil gymryd llowc o'i de a thynnu'i wyneb cymeradwyol arferol i gadarnhau bod digon o siwgwr ynddo cyn pwyso arno ymhellach.

'Wel?'

'Grêt. Ydi. Neis.'

'Nid y te o'n i'n ei feddwl!'

Distawrwydd. Wil yn gwenu'n gam. Cydnabod bod y cellwair drosodd. Llowc arall o de. Llosgi'i dafod. Aeliau Nan yn codi'n ymholgar. Wil yn ildio.

'Nel Craig-y-Don. Mae hi yn ei hôl ffor'ma am dipyn – ffilmio. Rhaglen am Llew Preis a'r bad achub . . .'

'Argol hedd! Elaine?'

'Elain, Mam. Ma' hi wedi newid ei henw fel gwyddoch chi . . .'

'Ydi, wn i. Dim ond ei bod hi'n anodd meddwl amdani hefo enw arall, yn enwedig a finna'n ei chofio hi'n ferch ysgol . . .'

'Iesu, un llythyren o wahaniaeth sy 'na!'

'Ond yn ddigon i dy neud di'n bigog.'

'Sori.' Roedd o wedi brathu'n rhy fuan. Cyfarfu eu llygaid.

'Ti isio tost hefo'r banad 'na?' Nan yn ddoeth. Os mêts . . . Wil yn sylweddoli. Chwifio'r cadach gwyn. Basa, mi fasa tafell o dost yn mynd i lawr yn iawn, diolch. Oedd ganddi hi farmalêd call, ynteu'r hen beth tywyll hwnnw oedd Misus Jôs Pen Rhyd yn ei wneud oedd o, hefo lympiau o groen oren fel gwinadd traed ynddo fo? Mêts.

'Welaist ti hi?'

'Pwy? Elain?'

'Naci, Misus Jôs Pen Rhyd! Pwy ti'n feddwl?' Ac yna'n dynerach, heb y coegni: 'Welaist ti . . . Elain?'

'Do. A mwy. Mi arhosodd acw neithiwr.'

'O . . .'

Ia, o. Wil yn swil am unwaith. Pigo croen oren oddi ar ei dost a'i osod ar ochr ei blât. O.

'Camgymeriad . . .' Tywalltodd ei lais i'r gwpan de.

'Be – neithiwr?'

'Naci; colli'n gilydd y tro cynta. Mi roddodd neithiwr ail gyfle i mi. Dod â ddoe yn ôl.'

'Fedri di ddim byw yn y gorffennol, Wil. Ac mi wyt tithau'n deud hynny wrth bobol bob dydd . . . pobol sy'n colli gafael ar betha pan fo'u breuddwydion nhw'n gwrthod eu cynnal nhw . . .'

'A felly 'dach chi'n fy ngweld i, ia? Rhyw freuddwydiwr trist sy'n methu gwahaniaethu rhwng rhith a realaeth? Diolch yn dalpia!'

'Dim ond isio i ti bwyllo ydw i. Meddwl dipyn. Dim ond newydd ddod drwy ysgariad wyt ti. Ti'n dal yn fregus, Wil bach . . .'

Estynnodd Wil ei law ar draws y bwrdd. Gwasgu'i llaw hi. Y cynhesrwydd cyfarwydd.

'Diolch.'

'Am be?'

'Am boeni amdana i.'

'Braint mam,' meddai Nan yn syml. 'Pwy arall boenith amdanat ti, os na wna i?'

Plethodd Wil ei fysedd am ei rhai hi. Gwaed. Dŵr. Doedd dim gwahaniaeth. Llyncodd y lwmp yn ei wddw. Roedd 'na fwy na bioleg mewn mam.

'Arhosi di am ginio? Cranc ffres a salad – mi wnawn ni ddiwrnod ohoni . . .'

'Na, wir . . .' Nid wfftio'i charedigrwydd yr oedd o. A

gwyddai Nan hynny'n iawn a rhyw led-dosturio wrtho. Ei mab deallus hi. Y dehonglwr meddyliau. Roedd problemau pobol eraill yn haws i'w datrys bob amser.

'Gad i mi wybod sut ma' pethau – cofia.'

'Mi wna i. Mi ffonia i . . .'

Ffonio. Roedd hi bron yn adeg iddo ffonio Elain. Tua'r un 'ma. Dyna ddywedodd hi . . . Doedden nhw ddim wedi trefnu dim. Ond mi fentrai o. Rhag ofn . . .

* * *

Un. Dim ateb. Mae'r ffôn symudol hwn wedi'i ddiffodd. Dim peiriant ateb. Dim modd gadael neges. Gadewch lonydd i mi, pwy bynnag ydach chi.

* * *

Carreg-y-Benddu'n grachen dywyll uwch wyneb y dŵr. Dŵr-ll'gada-glas. Hogan gas. Oedd hi? Yn gas? Yn greulon? Yn ei anwybyddu? Yn difaru rhoi neithiwr iddo? Wyddai Wil ddim. Y môr yn anadlu. Mynwes fawr famol o fôr. Un hen wylan bowld yn gwrthod symud oddi wrtho, ei hwyneb-mam-yng-nghyfraith fel rasel yn darnio'r gofod rhyngddynt. Meddiannu'i le fo.

Mae'r ffôn symudol hwn wedi'i ddiffodd.

Na. Wyddai Wil ddim.

* * *

Syllodd y ddwy ar ei gilydd, y fam a'r ferch. Yr un o'r ddwy'n dweud dim. Roedd hi fel petaen nhw'n aros i rywun arall gyfarwyddo'r olygfa.

'Anita?' Swniai'n debycach i gwestiwn, fel petai hi'n gofyn: Ai chi ydach chi? Er nad oedd 'na ddim amheuaeth ynglŷn â hynny. Oes 'na groeso i mi? Dyna oedd hi'n ei ofyn go iawn.

'Mi glywish i dy fod ti yn y pentra.' Dim 'Sut wyt ti? Mae'n dda dy weld di.' Hepgor y cynhesrwydd. Fel erioed. Yn ei chymell hithau i ymddwyn yn yr un modd.

'Ma' gin i awr ginio – un tan ddau . . .'

Roedd Anita'n dal i fyw yn yr un tŷ. Y tŷ y symudodd hi iddo pan briododd hi hefo Mike. Cwta flwyddyn wedi claddu'i thad. Daeth darnau o atgofion i bigo Elain wrth iddi gamu dros y rhiniog: roedd hi fel camu i gawod sydyn o law a'r gwynt i'w hwyneb. Bys priodas Anita. Fflach o fodrwy ddiemwnt. Modrwy Mike. Ac roedd hi wedi cael gafael ar Sais y tro hwn. Dyn oedd yn gallu'i gwerthfawrogi hi. 'Ches i 'rioed fodrwy ddyweddïo gan dy dad . . .' Carreg fechan fach. Roedd sylwi ar honno eto wedi'r holl flynyddoedd fel cael ei gorfodi i agor ei chof a chodi pìn . . .

Pnawn braf. Un o'r rhai brafia'r mis hwnnw. Bu'n Fedi gwlyb ond rŵan roedd 'na haul. Sut fedra i fynd i barti Anwen a chitha ddim yn dda, Nain? Pymtheg oed a'r hydref yn denau fel pais dros bopeth. Siŵr iawn y medri di fynd! Neno'r Tad, ffrog newydd gen ti a phopeth! Mi fydda i o 'ngho os na ei di . . . Dwrdio'n dyner. Dora'n ei deall. Iawn. I'ch plesio chi, 'ta, Nain . . . mi fyddwch chi'n iawn, byddwch?

Dail y coed tu allan yn symud y mymryn lleiaf; yr haul yn hen, yn britho'r tonnau. Iawn? Wrth gwrs y bydda i'n iawn. Does gen i ddim mymryn o boen. Dim o gwbl. Lwmp bach. Cyn lleied â physen. Mi all'sai ddiflannu ar ei ben ei hun, mor sydyn ag y doth o, medda Doctor John. Sawdl llwyd o gwmwl yn llonydd yng nghornel ucha'r ffenest fawr. Dos di, 'mechan i.

Mi agorodd drws y ffrynt wedyn. Agor a chau'n glep wrth i wynt y môr ei gipio. Roedd Anita'n gollwng drysau i gau'n sydyn bob amser ac roedd ebychnodau o sŵn yn brathu'i sodlau o stafell i stafell. Felly'r diwrnod hwnnw hefyd. Daeth i'r tŷ ag ebwch drws y ffrynt i'w chanlyn. Sŵn traed ar y grisiau fyddai'n dilyn fel arfer, ond nid heddiw. Cododd Dora'i haeliau heb droi'i phen. Cysgod Anita'n fain wrth iddi sefyll yn y drws.

'Fan hyn 'dach chi'ch dwy'n cuddio!'

Annymunol o glên. Anarferol. Dora'n gwylio'i hwyres yn chwarae'n nerfus â godre'i ffrog. 'Mi fasa'n well i ti newid o honna rŵan . . . neu mi fydd yn grycha i gyd a chditha isio'i gwisgo hi heno . . .'

Ofynnodd Anita ddim i ble'r oedd ei merch yn mynd yn ei ffrog, dim ond llygadu'r wisg a dweud: 'Dillad newydd eto, Elaine! 'Dach chi'n difetha'r hogan 'ma, Dora.'

Dim ond cwmwl oedd 'na rŵan, a chorn simdda Tŷ Capel yn mygu fel cetyn; hamddenol, diwyro: cegiadau bach o fwg.

'Ma' gin i rywbeth i'w ddweud wrthach chi . . .' Clên-cogio. Ffals. A'r Saesneg yn anos i'w stumogi o'r herwydd.

Wedyn y dangosodd Anita'i llaw chwith. Ploryn gwyn o ddiemwnt a'i llygaid hi'n disgleirio. Roedd yn rhaid symud ymlaen, yn doedd . . . ?

Gadawodd ogla'i phersawr ar ei hôl. Y botel binc rad honno.

'Fydd dim rhaid i mi fynd ati i fyw, na fydd, Nain . . . ?'

'Na fydd, 'mechan i. Paid ti â phoeni dy ben . . .' Dora ddim yn gwybod. Yn cysuro, gwthio 'fory o dan y geiriau. Y lwmp o dan ei chesail yn teimlo'n galed. Ogla pinc y persawr yn cydio yn ei llwnc. 'Gwranda. Dos i'r drôr ucha – y chest-o-drôr bach 'na wrth ochor 'y ngwely i. Ma' 'na sent drud – *Estée Lauder*, dim yr hen beth *Avon* 'na . . .' Dora'n dweud gydag arddeliad. Gwneud i'r ddwy ohonyn nhw chwerthin. 'A chofia roi mymryn tu ôl i dy bennaglinia hefyd cyn mynd allan. Gweithio'n well na thu ôl i dy glustiau di, meddan nhw!'

Yn sydyn, wrth gofio hynny, roedd ar Elain isio gwenu. Roedd hi'n dal i ddilyn cyngor ei nain ers talwm. Rhoi persawr tu ôl i'w phennaglinia. Ymhen blynyddoedd wedyn darllenodd yr un cyngor mewn rhyw gylchgrawn ffasiwn neu'i gilydd. Y croen tu ôl i'r pennaglinia'n gynnes, yn cynhesu ogla'r persawr . . .

'Be sy? Oes 'na ogla drwg yma neu rwbath?'

Anita. Sŵn ei llais fel toriad siswrn. Cysurus o gyfarwydd rhywsut.

'Dim o gwbl. Dim ond meddwl tybed oeddach chi'n dal i ddefnyddio'r un persawr,' meddai Elain yn llyfn. A sylweddoli'n sydyn nad oedd Anita'n codi ofn arni bellach.

*   *   *

'Mi ddoist ti yn d'ôl, felly.' Nan yn trio'i gorau i roi tinc cellweirus yn ei llais. Roedd hi'n falch o weld ei mab. Wrth gwrs ei bod hi. Ond roedd y ffaith ei fod o'n dychwelyd i dŷ'i fam am gysur yn golygu na welodd o mo Elain. Neu os gwelodd o hi, chafodd o ddim croeso. Meddwl am hynny a barai loes i Nan.

'Chi ddudodd bod gynnoch chi granc ffres . . .!' Gwneud ymdrech oedd yntau hefyd. Roedd ei lygaid o'n rhy farwaidd i fod yn perthyn i ddyn ar ei gythlwng. Penderfynodd Nan fwrw i'r dwfn:

'Welaist ti m'oni, 'ta?'

'Naddo. Ond doeddan ni ddim wedi trefnu dim byd pendant, cofiwch . . .!' Rhag ofn iddi weld bai. Rhag ofn i Elain gael bai ar gam ganddi. Rhag ofn iddo yntau ddechrau rhoi lle i'r amheuon oedd eisoes yn cnoi'i nerfau.

'Wel, dyna chdi, ta. Prysur ydi hi, debyg iawn. Ma' hi wrth ei gwaith, cofia.'

A dyna lle dylai yntau fod. Meddyliodd am

Gwyneth, ei ysgrifenyddes, yn ymdopi ar ei phen ei hun. Gwnaeth ei orau i deimlo'n euog. A methu. Roedd hi wrth ei bodd hebddo, siŵr iawn, yn canslo apwyntiadau er mwyn cael darllen cylchgronau a boddi'i threigladau echrydus mewn coffi du. Nan yn darllen ei feddyliau. Isio gofyn: Ei di'n ôl i'r gwaith fory? Ac yn peidio. Yn nabod Wil. Gwybod beth oedd orau.

'Ma' hi'n codi gwynt o'r môr,' meddai hi wrtho. Mân siarad. Gwneud rhyw sylw bach digon pethma. Ond roedd yn ddigon iddo godi'i ben o'i blu.

'Hen wynt oer ydi o hefyd. Mynd drwyddach chi.'

'Fuost ti i lawr at lan y môr, felly?'

'Do, siŵr iawn. Y peth gora at godi archwaeth, meddan nhw. A finna isio gneud cyfiawnder â'r cinio 'na ddaru chi addo i mi!'

Roedd modd gweld y môr o dŷ Nan, ond cael a chael oedd hi. Digon i weld ei liw o, ei dymer o. Clwtyn glaslwyd, rhubanog oedd o rŵan, yn tynnu'r awyr i'w felan ei hun.

'Mae o mor gyfnewidiol, yr hen fôr 'na,' meddai Wil toc. 'Fath â dynas. Ond ddywedodd o mo hynny.

'A does 'na neb wedi gweld mwy ar ei gastia fo na'r hen Lew Preis,' meddai Nan yn fyfyriol. Sŵn prysur braf yn y gegin. Cyllyll. Ffyrc. Platiau. A hithau'n ddiarwybod bron yn cadw'r sgwrs o fewn cyrraedd i Elain. 'Fedar hi ddim bod yn hawdd, chwaith – a fynta'n dwyn pob mathau o drychinebau i gof – yn enwedig . . .'

'Ifan?'

'Wel, ia, wrth gwrs. Mi fethodd ag achub tad y ferch sy'n ei holi o heddiw, yn do?'

Cof hogyn ysgol oedd gan Wil o'r cyfan. Ifan Craig-y-Don yn boddi. Mi oedd o'n g'nebrwn mawr. Y c'nebrwn a gofiai orau, oherwydd Elain. Lliw'r môr yn llwyd yn wynebau pobol. Wyneb Llew Preis yn dynn, ddifynegiant. Cerddai'n dalsyth. Siwt dywyll. Dwylo fel sheflau. Ysgwydd dde dan bwysau'r arch. Cariai'r baich trymaf yn ei galon. Mi oedd hi'n heulog y diwrnod hwnnw hefyd. Diwrnod braf. Dyna ddiawledigrwydd pethau.

'Llew druan,' meddai Wil. Ei lais ei hun yn crafu wyneb y cofio. Doedd o ddim hyd yn oed yn siŵr a oedd o wedi llefaru'r geiriau'n uchel nes i Nan ei gywiro.

'Gwen druan, ti'n feddwl.'

'Gwen?'

'Ia, Gwen. Mi fu hi ac Ifan yn gariadon.'

'Be – Gwen Preis a thad Elain?'

Gostyngodd Nan ei llais er nad oedd neb yno ond y nhw ill dau. Ond doedd dim ots. Datgelu cyfrinach oedd hi. Codi hen, hen grachen.

'Mi ddechreuodd y cyfan cyn geni Elain.' Sylwodd Wil bod ei fam wedi dechrau'i chael hi'n rhwyddach erbyn hyn i gyfeirio at Elain wrth ei henw newydd. Roedd hi'n estyn platiau. Yn stwna. Yn ei roi ar bigau drain. Gwyddai Nan sut i adrodd stori. A gwyddai Wil bellach pryd i beidio ag ymyrryd. Disgwyliodd.

'Mi oedd Gwen wedi dyweddïo hefo rhywun arall ar y pryd. Rhyw Sais. Capten llong,' meddai Nan wedyn. 'Ac mi oedd hi'n lecio hynny, ti'n gweld. Y syniad o fod wedi bachu capten. Dyn o sylwedd. Yn ennill cyflog mawr. Ac yn ddyn môr fel ei thad. Mi oedd hynny'n plesio Llew hefyd, wrth gwrs. Ond mae'n amheus gen i a fu hi mewn cariad go iawn hefo fo 'rioed.' Cododd Nan ei haeliau'n awgrymog. 'Yn enwedig a hithau'n gweld dyn arall tu ôl i'w gefn o.'

'Ifan,' meddai Wil. Doedd dim angen athrylith i weld hynny. Ond sut gwyddai Nan am y garwriaeth yn y dirgel?

'Mi ddigwyddais i ddod ar eu traws nhw rhyw noson,' meddai Nan wedyn, fel petai hi wedi darllen ei feddwl eto. 'Yn ddamweiniol hollol. Mynd â'r ci am dro ar hyd lôn fach Gorffwysfa . . .' Oedodd Nan fel petai hi'n aros i'r llun ddod yn gliriach yn ei chof. 'Mi oedd hi'n edrych yn arbennig o dlws y noson honno, ffrog las a chardigan wen. Wyddost ti be, Wil, fuo Gwen a finna 'rioed yn ffrindiau agos, ond rhywsut, ar ôl y noson honno, ar ôl i mi 'i gweld hi, mi oedd hi fel pe na bai gan yr un o'r ddwy ohonon ni ddewis. Mi deimlodd rhyw reidrwydd i ymddiried ynof i – a finna'n teimlo rhyw deyrngarwch od tuag ati hithau . . .'

'Be ddigwyddodd?'

'Mi ddoth ei mam i wybod ymhen hir a hwyr,' meddai Nan yn araf, 'a rhoi pwysau arni i roi'r gorau i Ifan. Rhag iddi wneud llanast o bethau a cholli'r capten. Mi fuo 'na lot o ddagra ar ran Gwen, cred ti fi. Ond Phyllis gafodd ei ffordd, ar ôl bygwth deud y cwbwl wrth Llew. A doedd ar Gwen ddim isio siomi'i thad, o bawb. Ar ôl iddi orffen hefo Ifan, mi adawodd hwnnw'r pentra. Mynd i ffwrdd i Loegr i weithio. A'r peth nesa glywson ni oedd ei fod o adra'n ôl â gwraig i'w ganlyn. Y Saesnes 'ma. Anita. Wedi gorfod ei phriodi hi.'

'Oherwydd Elain.'

'Debyg iawn. Yn y cyfamser mi oedd Gwen yn difaru am beidio â gwrando ar ei chalon, a'r canlyniad oedd iddi dorri'i dyweddïad â'r capten . . .'

'. . . gan feddwl cael Ifan yn ôl?'

'Wel, mae'n bur debyg mai dyna oedd ei bwriad hi – cymodi ag Ifan. Felly mi fedri di ddychmygu'i phoen hi pan ddychwelodd Ifan Craig-y-Don yn ddyn priod, a hynny hefo dynas nad oedd o ddim yn ei charu!' Cymrodd Nan saib er mwyn effaith ac edrych ar Wil. 'Mi ddechreuon nhw fynd hefo'i gilydd wedyn, ar y slei, yn fuan ar ôl geni'r fechan. Ond mi ddoth Dora i wybod, ac mi fuo 'na goblyn o le . . . Ifan druan . . . synnwn i ddim mai dyna wnaeth iddo'i ddifa'i hun yn y diwedd . . .'

'Difa'i hun? Ond . . .'

'Fyddwn i ddim yn meddwl bod Elain yn gwybod dim am hyn, cofia!' Mi oedd llais Nan rhyw dwtsh yn uwch rŵan, yn bryderus. Sylweddolodd fod yna berygl iddi fod wedi dweud gormod.

'Paid â deud dim byd, Wil!'

'Blydi hel, Mam!'

'Addo i mi, Wil. Wneith o ddim lles . . .'

Edrychodd Wil ar ei fam. Doedd 'na ddim gronyn o ddrwg yn perthyn iddi. Dim sbeit. Dim gwenwyn erioed. Doedd hi ddim hyd yn oed yn un am hel clecs. Llifddorau ddoe oedd wedi agor, dyna i gyd. Ac mi oedd yntau o'r herwydd mewn uffar o le cas. Mi oedd o'n flin hefo hi ac yn teimlo bechod drosti ar yr un pryd. Blydi hel. Blydi blydi blydi hel. Ddywedodd o ddim byd wrthi am sbel. Am funudau meithion, mud. Trodd ei gefn arni. Sbio allan. Chwilio am y môr. A difaru iddo wneud hynny hefyd. Oherwydd mai llwyd oedd hwnnw rŵan, â rhyw gymysgfa biwis o olau dydd a haul yn diferu'n ysbeidiol iddo fel hen ddyn yn trio piso.

'Wil?'

'Be?'

'Ti isio finag hefo'r cranc 'ma?'

*   *   *

Gwyliodd Anita'i merch yn rhoi llwyaid o siwgwr yn ei choffi du a sylweddoli'n sydyn cyn lleied y gwyddai amdani. Ei merch ei hun. Welodd hi erioed mohoni'n yfed coffi du o'r blaen.

Cododd Elain ei phen yn lled-ymddiheurol o'r bowlen siwgwr.

'Mi fydda i'n cymryd llwyaid weithiau – i roi hwb i mi . . .'

Fel petaen nhw'n ddieithriaid. Fel pe bai ots. Syllodd Anita i'w phaned laethog ei hun. Roedd hi'n dyheu am sigarét. Edrychai Elain mor wahanol, mor hunanfeddiannol, mor gyffordus tu mewn i'w dillad drud fel pe bai hi'n tynnu'i hyder o doriad y deunydd.

'Lecio'r siwt,' meddai Anita. Roedd ei dwylo'n wag heb smôc. Trodd ei choffi'n ddiangen am yr eildro. Teimlai'n boenus o ymwybodol o'i dillad rhad ei hun. Y sgert a oedd yn rhy fyr i fod yn chwaethus nac yn rhywiol ar wraig o'i hoed hi. Yr amrannau gleision anghelfydd. Y gwreiddiau duon yn tyfu drwy'r perocseid. Doedd Anita ddim wedi heneiddio hefo steil. Ers talwm bu'n slasan. Troi pennau. Ei chamgymeriad erbyn heddiw oedd ei bod wedi trio herio gormod ar y drefn. Gwadu'r blynyddoedd trwy gadw'i gwallt melyn yn hir hyd at hanner ei chefn a gwisgo sgertiau a weddai'n well i goesau ugain oed. Ond er gwaetha'r gwrthod ildio, roedd hi wedi magu pwysau. Roedd ei chluniau a'i bronnau'n drymach. Mynnai wisgo'i hieuenctid coll fel rhyw hoff ddilledyn na fynnai am y byd ei fwrw heibio. Roedd arni ofn heneiddio. Ofn cyfaddef y gwir wrthi hi ei hun.

'Mwy o goffi?' Mi oedd y distawrwydd yn dechrau mynd yn chwithig. Chwiliodd amdani hi ei hun yn Elain a methu.

'Na – dim diolch . . . fedra i ddim aros . . .'

Edrychai Elain yn anniddig rŵan. Roedd hi wedi

symud i eistedd ar flaen ei sedd i sipian ei choffi a rhyw olwg isio dianc arni. Daeth pwl o ddicter sydyn dros Anita. Ofynnodd neb iddi ddod yma, naddo? Ac yn sydyn daeth awydd drosti i ddweud hynny. Fu na ddim cysylltiad rhyngddyn nhw ers blynyddoedd maith. Doedd Elain ddim wedi dangos unrhyw gonsýrn amdani, nag oedd? Dim llythyr, na chardyn, na galwad ffôn erioed. Pam felly y dylai hi, Anita, boeni rŵan ynglŷn â brifo'i theimladau hi? Pam y dylai hi fod ar bigau'r drain, ac ofn tanio smôc hyd yn oed yn ei thŷ ei hun?

Cododd yn sydyn ac estyn am ei phecyn sigaréts oddi ar y bwrdd isel. Taniodd. Anadlodd. Teimlodd yn sicrach ohoni hi ei hun.

'I be doist ti yma, Elaine?'

Difarodd yn syth iddi yngan y geiriau, ond fedrai hi ddim tynnu'r cwestiwn yn ôl. Felly y bu pethau erioed. Ers pan fu Elain yn blentyn. Roedd cyfathrebu â'i merch fel siarad trwy wydr. Mor agos, ac eto'n methu â'i chyrraedd. Roedd ei merch ei hun yn siarad yr iaith estron 'ma na ddeallodd hi, Anita, ddim arni erioed. Wnaeth hi erioed ymdrech i'w deall hi chwaith. Pam dylai hi? Onid yr iaith dywyll, ddiangen 'ma oedd wedi codi mur rhyngddi a'i phlentyn? A'i gŵr. Ia. Ifan yn enwedig. O'r munud y daethon nhw i Borth Gorad, newidiodd Ifan. Roedd hi fel petai sŵn yr iaith yn ei lyncu'n ôl, yn ei chau hithau allan. Hefo'i fam yr oedd o'n siarad bellach. Yn nhŷ'i fam yr oedden nhw. Hefo'i fam yr oedd o'n rhannu pethau ac roedd sŵn eu cytseiniaid od yn meddiannu popeth, yn treiddio i bopeth ac yn aros, fel ogla cwpwrdd ar hen ddilledyn.

Na, doedd Ifan ddim yn siarad hefo hi rŵan, dim ond yn ei phledu â'r Saesneg a oedd bellach wedi mynd yn stwmp ar ei stumog o. A hyd yn oed pan siaradai Ifan â hi yn ei hiaith ei hun, roedd o'n lledu'r llafariaid main mewn ffordd na wnaeth o erioed o'r blaen, yn ystumio'u sŵn er mwyn gwneud y geiriau'n haws i'w goddef. Yn gwneud eu cyfathrach i gyd yn gyfaddawd. A phan ddaeth y babi fe ddigwyddodd yr un peth. Roedd hi'n un ohonyn nhw o'r crud. Yn estron iddi. Ac fel pe na bai hi'n ddigon bod y fechan yn siarad iaith ei nain, etifeddodd ei llygaid hefyd. Yr un wên, yr un wyneb. Edrychodd Anita ar ei merch fach a gweld ei mam-yng-nghyfraith. Roedd hynny'n ddigon. Yn ormod. Thrafferthodd hi ddim i chwilio am ddim byd arall ynddi. Creodd rwystr iddi hi ei hun na fedrai hi mo'i oresgyn. Deisyfai weithiau am fagu'i merch fach yn ei breichiau, ond daliai ei balchder clwyfedig hi'n ôl, er ei bod isio cyffwrdd ynddi nes bod o'n brifo. Isio'i hanwylo hi.

Ond Dora wnaeth hynny. Bachu'i chyfle a hithau yn ei gwendid. Pan suddodd Anita i bwll anobaith ar ôl yr enedigaeth, mam Ifan ddaeth i'r adwy, wrth gwrs. Hormonau, meddai Doctor Owen bryd hynny. '*Post-natal depression*. Mae o'n digwydd i ambell un . . .' Dewison nhw beidio â deall. Ifan a'i fam. Suddodd hithau i ryw fwrllwch llwyd lle oedd babi'n crio mewn stafell arall, a lleisiau'n siarad, yn codi ac yn gostwng, yn cyhuddo hefo'u cytseiniaid hyll, yn ei gwthio hi'n bellach o afael y byd diarth 'ma y gorfodwyd hi i drio byw ynddo.

Gwnaeth Elain ati i godi ar ei thraed.

'Camgymeriad oedd dod yma.'

Y coffi ar y bwrdd bach, prin wedi'i gyffwrdd. Y stafell fechan yn prysur lenwi â mwg sigarét. Anita'n sylweddoli nad â merch ysgol yr oedd hi'n siarad rŵan. Bu bwlch y blynyddoedd yn ormod. Roedd pethau wedi digwydd i Elain na wyddai Anita ddim amdanynt ers pan adawodd hi bryd hynny am y coleg. A ddaeth hi ddim yn ôl. Doedd 'na ddim iddi ddod yn ôl ato fo . . .

'Na – aros . . .' Y sigarét yn cael ei diffodd yn wyllt. Anita'n camu'n nes. Mwg ar ei hanadl. Yr un ogla pinc ar ei sent hi. Yr un cythraul yn ei gyrru hi. 'Ma' hi'n anodd i minna hefyd, 'sti, Elaine. Dy gael di'n landio yma heb rybudd ar ôl yr holl flynyddoedd 'ma . . .'

Fedrai hi ddim cadw'r hen dinc hunanamddiffynnol hwnnw o'i llais. Nid arna i mae'r bai . . .

'Wrth gwrs. Fi sy'n ddifeddwl. Yn anystyriol. Hunanol. Mi fasai hi'n ormod o lawer i ddisgwyl y byddech chi'n falch o 'ngweld i!' Hunanfeddiannol. Hyderus. Elain yn ei synnu hi ei hun â'i hunanreolaeth. Swnio'n hyll heb godi'i llais.

'Os mai wedi dod yma i ffraeo wyt ti . . .'

'Wn i ddim pam ddois i yma, a deud y gwir. Efallai 'mod i wedi meddwl nad oedd dim angen rheswm.'

Trodd Anita oddi wrthi, ei dwylo'n ysu eto am danio ffag. Llyncodd ei geiriau nesaf hefo cegiad o fwg:

'Mi gymrist ddigon o amser i ddod, yn do? Welson ni ddim lliw dy din di o'r munud y gorffennaist ti yn 'rysgol. I ffwrdd i'r coleg a dyna hi wedyn. Wrth gwrs, tasa'r hen ddynas yn fyw o hyd . . .'

Bu bron i farwolaeth Dora ddinistrio Elain. Roedd hi'n ddwy ar bymtheg fregus. Wil wedi mynd. Ei dyddiau ysgol yn frith o absenoldebau wrth iddi drio gofalu am ei nain. Dora'n gwanio. Gwywo. Byw ar y gwynt am bod ei llwnc yn cau. Elain yn torri brechdan yn denau, denau. Tryloyw o denau nes bod y menyn i'w weld drwy'r bara. Bytwch rywbeth, Nain. Rhywbeth bach i 'mhlesio i . . . Newid rôl. Newid lle. Tro'r naill i ofalu am y llall. A Dora'n trio ac yn methu. Yn methu gwella. Y frechdan heb ei thwtsiad, yn gain ar ganol y plât. Brechdan-tŷ-dol. Fedra i ddim, 'mechan i. Fedri ditha ddim, chwaith. Dy waith ysgol di'n diodda . . . Dora'n gofidio, hyd yn oed yn ei gwendid. Fedri di ddim dal fel hyn . . .

Y ddwy ohonyn nhw yn yr honglad hen dŷ hwnnw. Drafftiau o dan y drysau. Y gwynt yn sgytio'r ffenestri. Y tŷ i gyd â'i ddannedd o'n clecian. Poteli bach o dabledi. Llefrith poeth. Yn oeri. Complan. Dim byd yn aros i lawr. Fedra i ddim , , . Dora mor denau. Slåp ei hesgyrn yn onglog dan ddillad y gwely. Fel caets deryn dan gynfas. Sori, 'mechan i . . . Shh! Triwch gysgu. Shh, medda'r môr. Shh. A'r nosau'n griddfan hefyd.

Fu Dora ddim yn yr ysbyty'n hir. A ddaeth hi ddim oddi yno. Wedyn oedd waethaf. Y distawrwydd yn magu croen. Fel y Complan yn oeri. Distawrwydd fel diwedd y byd. Llythyr twrna'n cyrraedd ymysg y cardiau cydymdeimlad ar ran stâd Myddleton-Smith, perchnogion rhannau helaeth o dai a thir Porth Gorad gan gynnwys Craig-y-Don. O ganlyniad i farwolaeth drist ei nain, deiliad y tŷ hwn, a fyddai hi gareticed â gadael y lle'n wag erbyn y dyddiad-a'r-dyddiad . . .? Fyddai Elain ddim wedi gallu talu'r rhent ar ei phen ei hun, p'run bynnag. Ond doedd hynny ddim yn gwneud symud i fyw at Anita a'i gŵr damaid yn haws. Doedd dim lle i'w galar yno. Nid estyn croeso iddi a wnaeth ei mam, ond rhoi to uwch ei phen am y byddai'n fwy o gywilydd iddi beidio. Ac roedd Mike yn anghynnes o glên, yn gwenu arni'n ludiog ac yn siarad hefo'i bronnau hi. O'r munud y cyrhaeddodd hi, dechreuodd Elain gyfri'r dyddiau nes byddai hi'n gallu dianc oddi yno a sefyll ar ei thraed ei hun. Ond roedd yn rhaid iddi orffen ei chwrs Lefel A, doed a ddelo. Gwneud ei gorau. Roedd hi wedi addo i Dora. Gwnaeth hynny les iddi. Y canolbwyntio. Yr astudio. Traethodau. Aeth y gwaith â'i meddwl oddi ar ei cholled a'i dysgu i ddygymod.

Roedd Anita'n eistedd rŵan â'i hysgwyddau'n grwm. Edrychai fel petai'r cythraul wedi mynd ohoni'n ddisymwth, a'i gadael yn llai, yn gulach yn gorfforol. Yn fwy bregus.

'Mi aeth Mike a 'ngadael i hefyd, 'sti.' Yn dynerach.

Ei llais yn dynerach. Fel rhannu cyfrinach. Mi oedd hi bron fel pe bai hi wedi dechrau siarad â hi ei hun.

Rhythodd Elain arni. Ar y newid sydyn ynddi. Methodd â theimlo unrhyw dosturi tuag ati ond ar yr un pryd methodd â'i chasáu.

'Dy dad. Chdi. Mike. Pawb yn mynd a 'ngadael i . . .'

Roedd y golau yn yr ystafell yn greulon, hen olau gwyn budr fel bara echdoe. Golau stêl ac Anita'n edrych yn hen. Aeth ceg Elain yn sych. Mwg sigarét yn ei llwnc. Yn pigo'i llygaid hi.

'Marw ddaru 'nhad. Nid dewis mynd . . .'

Ar hynny cyfarfu eu llygaid. Ti'n gwybod dim, nag wyt? meddai llygaid Anita. Ti'n dallt dim. Cleisiau blêr o lygaid. A methodd Elain â gweld y tosturi ynddyn nhw.

'Fuo petha ddim yn hawdd i minna, Elaine. Ar hyd y blynyddoedd. Ond fedri di byth ddallt hynny, na fedri? A dwyt ti ddim isio dallt chwaith, nag wyt?' Siaradai heb chwerwedd. Bu bron iddi drio gwenu. 'Wela i ddim bai arnat ti . . . am beidio bod isio fy nabod i . . .'

Safai Elain fel pe bai hi'n dalp o garreg oer a dim ond ei gwefusau'n barod i symud. Roedd llun o'i phlentyndod wedi chwyddo'n sydyn yn ei phen.

'Mi fedra i gyfri ar fysedd un llaw sawl gwaith y ces i gusan gynnoch chi erioed.'

Rhoi caead ar ei phiser hi. Ar y truth hunandosturiol. Ei hatgoffa o rywbeth na fedrai hi mo'i wadu. Ond doedd hi ddim yn teimlo fel buddugoliaeth. Chafodd Elain mo'r boddhad y disgwyliasai'i gael wrth sylweddoli bod gwirionedd y geiriau'n brifo llawn cymaint arni hithau.

'Mae'n ddrwg gen i . . . mae'n rhaid i mi fynd yn ôl i'r gwaith . . .'

Ond roedd hi'n ymddiheuro am rywbeth mwy na hynny.

'Oes raid i ti . . .?'

'Be . . .?'

'Dim ond meddwl – paned arall efallai – a ninna wedi dechrau torri'r garw . . .'

Y meddalwch annisgwyl 'ma. Roedd o'n chwithig. Yn embaras bron. Roedd Elain yn falch bod ganddi esgus i adael. Gadael. Ma' pawb yn mynd a 'ngadael i . . .

'Elaine?'

Roedd hi eisoes wedi camu trwy'r drws. Trodd.

'Dwi'n falch dy fod ti wedi gneud cystal . . . wedi llwyddo . . .'

Annisgwyl. Diffuant. Hen gwlwm, efallai. Rhywbeth yn y gwaed. Rhyw fymryn o rywbeth. Beth bynnag oedd o, doedd o ddim yn ddigon. Chyffyrddon nhw ddim. Dim ond cyfnewid gwên. Nad oedd hi'n wên o gwbl. Ystum o gwrteisi. Diolch-am-y-baned o wên. Ansicr. Anghofiedig.

Megis rhwng dieithriaid.

10

Wil oedd yr un mewn cariad. Isio gwneud pethau'n iawn. Isio agor ei galon. Calonnau pobol eraill.

Ei thad. A Gwen Preis. Elain yn dal ei hanadl, dal y newyddion hyd braich. Ond roedd y cyfan yn gwneud synnwyr. Y synnwyr rhyfeddaf. Am ei bod hi'n deall. Yn gwybod sut beth oedd o. Torri'i chalon dros ddyn priod. Ifan a Gwen. Elain a Huw. Lle gwag o hyd yn y gwely. Byw breuddwyd. Angen a hiraeth yn cynnal rhith o berthynas nad oedd yn bod i neb arall. Perthynas nad oedd ganddi hawl i fod. Twyll o berthynas ag ôl bysedd rhywun arall arni . . .

'Fedrwn i ddim mo'i gadw fo oddi wrthat ti, Nel . . .' Cariad yn bopeth. Rhannu. Celu dim. 'Yn enwedig a chditha wedi deud wrtha i bod Gwen Preis wedi bod yn gymaint o jadan hefo chdi. Ma' hyn yn esbonio pam . . .'

Esbonio. Dadansoddi. Dehongli. Pam? Pwy? Sut? Y seiciatrydd ynddo eto fyth. Yn ei chymell hithau i chwilio am y darnau coll. Meddyliodd Elain am Anita. Pawb yn mynd a 'ngadael i. Dy dad . . . Oedd hi'n golygu rhywbeth mwy felly pan ddywedodd hi hynny? Dy dad a Gwen Preis. Ai dyna oedd hi'n ei olygu? Dy dad yn dychwelyd at ei gariad cynta? Mynd yn ôl at ei Gymraes ar ôl ei defnyddio hi dros dro er mwyn cau twll yn ei galon? Ar ôl iddo fo wneud llanast o bethau a'i chaethiwo hithau mewn cawell o eiriau diarth nad oedden nhw'n golygu dim . . .

Chyfaddefodd Elain ddim wrth Wil ei bod wedi mynd i weld ei mam. Teimlai'n euog o'r herwydd. Nid am ei bod hi'n ei dwyllo. Doedd hi ddim. Rhywbeth iddi hi oedd hyn. Ond roedd hi'n euog am ei bod hi'n dal i fod isio celu pethau rhagddo ac yntau mor dryloyw. Yn sgut am ei thynnu'n ôl i mewn i'w fywyd. Yn hoelio'i ddyfodol ar neithiwr. Neithiwr a'i hud a'r cemeg anhygoel oedd yn bodoli rhyngddyn nhw. Oedd, mi oedd neithiwr yn sbesial. Bron yn gyfriniol. Neithiwr yn sŵn y môr. Neithiwr, a darnau bach o ddoe'n dangos drwyddo fo, fel darnau o groen gwyn trwy dwll mewn dilledyn.

Neithiwr hefo tyllau yn ei sanau.

*   *   *

'Argian. 'Dach chi'n ôl?'

Cwestiwn cwta, digroeso. A ninna'n meddwl eich bod chi wedi mynd o'r diwedd, meddai llygaid Gwen Preis, a gwynt teg ar eich holau chi.

'Dim ond isio deud wrthach chi 'mod i'n gwbod, Gwen Preis.'

Rhoddodd calon Gwen dro. Roedd hi'n dal cyhyrau ei hwyneb yn dynn nes bod esgyrn ei bochau'n brifo. Ond gwyddai na allai reoli'i llais, felly safodd yno'n fud a disgwyl i'w dicter ei chynnal. Roedd hi wedi dibynnu arno cyhyd ond rŵan roedd o'n bygwth ei gadael wrth iddi edrych i wyneb y ferch benfelen 'ma oedd mor boenus o debyg i'w thad.

'Be 'dach chi isio i mi'i ddeud, Elaine?' Eto fyth.

Yr hen enw. Doedd hi'n ildio dim ond beth oedd raid. 'Fedra i mo'i wadu o. Mi oeddwn i a'ch tad . . .' Ar hynny holltodd ei llais. Chwifiai'r frawddeg ar ei hanner fel cadach gwyn.

'Dwi'n gwbod. Fedrai hi ddim bod yn hawdd i chitha . . . y rhaglen 'ma . . . Doedd hi ddim yn fwriad gen i godi hen grachod. Wyddwn i ddim tan ddoe amdanoch chi a 'nhad.' Doedd Elain ddim yn siŵr a oedd hi'n ymddiheuro ai peidio. Roedd o'n rhywbeth yr oedd yn rhaid iddi ei ddweud. Dyna'r cyfan. Rhoi ddoe i orffwys.

'Hefo'ch mam y dylech chi fod yn cydymdeimlo, mae'n debyg, nid hefo fi.' Ond roedd llais Gwen wedi blino. Y diferyn ola o wenwyn.

'Nid dod i gydymdeimlo hefo chi wnes i,' meddai Elain yn llyfn, 'ond dod yma i ddeud 'mod i'n dallt.'

*   *   *

Tridiau. Dyna'r cyfan. Tridiau'n troi'i fywyd o ben ucha'n isa.

Doedd Nel ddim yn mynd i ddod yn ôl. Gwyddai hynny bellach. Ond wyddai o ddim eto sut i ddechrau dygymod hefo'r peth. Bu'n byw am dridiau mewn paradwys ffŵl. Gwirioni'i ben. Colli arno'i hun. Doedd 'na ddim bai ar neb ond arno fo'i hun. Wil yn twyllo Wil.

'Dwi'n dy garu di, Nel.'

Fedrai hi ddim edrych i fyw ei lygaid o.

'Nag wyt, Wil. Meddwl wyt ti . . .'

'Paid â deud wrtha' i sut ydw i'n teimlo . . .!'

Hithau'n sbio i lawr ar ei thraed. Yn methu'n glir â rhoi iddo'r ateb yr oedd arno isio'i glywed.

'Sori, Wil . . .'

'Mi o'n i'n meddwl bod hyn yn golygu rwbath i titha hefyd . . .'

'Mae o . . . mi oedd o . . .'

Y pnawn yn llithro i'r tonnau a boddi. Dim haul. Dim ond awyr a lliw-dim-byd arno fo a'r môr yn ei blesio'i hun.

*   *   *

Tŷ a fu'n cysgu. Gwag. Llonydd. Llonyddwch ag ogla arno fo. Llonyddwch wedi casglu fel llwch. Ond hi oedd pia fo. Ei llonyddwch hi oedd o. Ei gofod hi. Heb gôt neb arall ar y bachyn yn y cyntedd. Heb ddillad neb arall yn hongian yn ei chypyrddau. Heb Huw. Heb Wil . . .

Doedd y lle gwag ddim yn ddychryn bellach.

Roedd camu allan o'r tridiau diwethaf 'ma fel camu allan o bâr o esgidiau tynn. Ysai Elain am anadlu. Am agor y ffenestri a llenwi'r lle ag ogla blodau. Am redeg bàth a mwydo'i synhwyrau yn normalrwydd ei phethau ei hun.

Cododd y twmpath arferol o bost oddi ar y mat. Biliau. Sothach lliwgar yn cymryd arno ei fod yn rhywbeth o bwys. A rhyw amlen fach berlog wen. Y llawysgrifen arni'n ddiarth. Yn blentynnaidd o daclus a chrwn . . .

EMMA

Merch welw, benfelen. Dan olau'r lamp ar y ddesg mae'i gwallt hi fel aur. Tresi aur hyd at waelod ei chefn fel gwallt tywysoges mewn stori. Felly mae'i mam yn meddwl amdani hefyd. Fel tywysoges mewn tŵr. Wedi'i chipio o'i gwlad ei hun i fyw ymhlith estron. Ond ŵyr Emma Harding mo hynny. Ŵyr hi ddim bod ei mam fiolegol yn meddwl amdani bob dydd, ei bod hi'n cael ei hatgoffa o hyd mewn breuddwyd o sŵn crio'r babi a ddygwyd oddi arni. Pe gwyddai hynny, byddai ganddi fwy o hyder yn yr hyn y mae hi ar fin ei wneud.

Mae hi'n gwybod pethau eraill wrth gwrs. Mae hi wedi gwneud ei hymchwil yn drylwyr iawn. Mae ganddi enw a chyfeiriad. Gŵyr bellach pwy ydi ei mam. Mae hi wedi clywed sŵn ei llais hi. Mae ganddi fwy na dim ond llun.

Roedd gwylio'r tapiau fideo yn brofiad rhyfedd. Tapiau o raglenni lle'r oedd y gyflwynwraig ffasiynol, brofiadol 'ma'n amlwg yn deall ei deunydd. Yn deall ei phobol. Yn holi ac yn trafod yn hyderus a llyfn. Roedd ots ganddi am y bobol hyn. A gresynai Emma wrth wylio nad oedd hi'n gallu deall yr un gair, Chlywodd hi erioed mo'r Gymraeg tan hynny. Ond roedd y cytseiniaid cyflym a'r llafariaid mawr, mwyn yn deffro rhywbeth ynddi na allai mo'i egluro. Roedd 'na rywbeth od o gyfarwydd yn sŵn yr iaith 'ma na chlywodd hi mohoni o'r blaen. Rhywbeth hen, hŷn na phopeth, yn ei chymell i wrando.

Mae Emma Harding wedi cael bywyd breintiedig. Teganau a dillad a llyfrau ac addysg ddrud. Gwyliau dramor i ledu'i gorwelion. A phan oedd hi'n saith oed daeth Ffrances o Toulouse i edrych ar ei hôl, i redeg ac i chwarae ac i ddifyrru oherwydd bod ei rhieni'n blino. Rhieni oedd yn hŷn na rhieni pawb arall. Rhieni deallus, cyfoethog yn sicrhau'r gorau o bopeth ar ei chyfer, a Colette o Toulouse yn sicrhau ei bod hi'n rhugl mewn Ffrangeg cyn ei bod hi'n ddeg oed.

'Pam wyt ti yma, Colette? Pam na ddaw Mam ata i i chwarae?' 'Dolig arall. Doliau *Barbie*. Doliau mewn coetsys yn gwlychu'u clytiau. Tedis a thrimins a ffrogiau melfed rhubanog. 'Pam na ddaw hi, Colette?'

'Mae dy fam yn brysur rŵan, *cherie* . . .'

'Mae hi wastad yn brysur. Neu wedi blino gormod. Ydi hi'n hen, Colette? Ydi hi? Mae hi'n edrych yn hŷn o lawer na mamau Chloe a Katy . . .'

'Paid â holi! Mi wyt ti'n ferch fach lwcus iawn – edrych ar yr anrhegion 'ma i gyd . . .'

Colette yn estyn am un o'r doliau. Yn gwisgo *Barbie* yn ei dillad parti. Colette yn cael ei thalu bob mis am chwarae gêmau yn Ffrangeg. Am gadw'r ferch fach benfelen yn ddiddig.

*   *   *

Mae hi'n ddeuddeg oed. Adra o'r ysgol. Gwyliau'r haf yn ymestyn o'i blaen. David, ei brawd mawr, yn priodi. Gei di fod yn forwyn, Emma. Blodau yn dy wallt . . .

Mae hi wedi teimlo'n agos iawn at David erioed, er nad ydi o ddim yn byw hefo nhw. Dydi hi erioed yn cofio David yn byw yn y tŷ. Ond mae o'n ymwelydd cyson. Tripiau i'r sŵ. Anrhegion. Swsus. Mae o'n annwyl ohoni. Ond mae yntau'n hŷn na brodyr pawb arall hefyd . . .

'David?'

'Ia, 'nghariad i?' Mae o'n gleniach nag arfer. Pawb yn gleniach nag arfer. David a Wendy'n mynd i briodi. Hwyliau da ar bawb. Yr amser gorau posib i ofyn iddo.

'Pam 'dach chi i gyd mor hen?'

Distawrwydd fel fêl dros yr ystafell fawr. Y chwerthin yn peidio, a'i chwestiwn hithau'n nofio rhwng y swigod yn y gwydrau siampên. 'Dach chi'n hen . . . Yn binnau mân yn eu ffroenau nhw wrth iddyn nhw yfed . . . I David a Wendy. Llwncdestun i droi'r stori. Daw'r lleisiau'n ôl. Y chwerthin . . . Emma, cariad, dos i'r gegin i nôl mwy o rew . . .

Mae'r eiliad drosodd. Wedi'i llyncu hefo'r bybls. Mae ganddi frawd sy'n ddigon hen i fod yn dad iddi a does neb yn fodlon egluro. Mae o'n priodi. Pawb yn hapus. Mae hithau'n cael codi'i gwallt ar dop ei phen ac yn cael ffrog sidan at ei thraed. Dylai hithau fod yn hapus hefyd. Ond dydi hi ddim. Teimla'n od o genfigennus tuag at Wendy heb wybod yn iawn pam.

* * *

Pymtheg oed. Cariadon. Jîns tyn a modrwy yn ei botwm bol. Be sy'n bod arnat ti, Emma? Mae popeth tu mewn iddi'n gwrthryfela yn erbyn rhywbeth. Dydi Emma ddim yn adnabod ei chorff ei hun. Mae'i theimladau hi'n ddiarth iddi, mae 'na gythreuliaid tu ôl i'w llygaid hi'n gwneud iddi grio – am bopeth, am ddim byd. Pwy ydw i? Pwy ddiawl ydach chi? A'r cwestiwn sydyn, o ganol y sterics, yn eu bwrw nhw i gyd. Maen nhw'n cyfaddef. Maen nhw'n esbonio. Nain ydi Mam. Taid ydi Dad. *Bob ydi Robat, Jac ydi John; 'stone' ydi carreg a 'stick' ydi ffon . . .*

Pwy ydi David, 'ta? David? David dy frawd ydi dy dad.

Beth amdani 'hi', 'ta? Fy mam?

Pwy ydi fy mam?

Ond mae ganddi ofn. Ofn sy'n drech na'i chwilfrydedd. Mae arni ofn mwy o wirionedd rŵan. Doedd hi ddim wedi disgwyl hyn.

'Does 'na ddim byd wedi newid, Emma. 'Dan ni'n dy garu di. Ein merch ni wyt ti.'

Pymtheg oed ac isio crio dros bopeth. Mae hi'n haws cau'i meddwl rhag y gwir. Haws glynu wrth eu geiriau nhw. Does 'na ddim byd wedi newid. Haws credu hynny. Haws delio â hynny. Haws peidio gofyn: pwy ydi fy mam?

Am rŵan.

''Dan ni'n dy garu di, Emma.'

Ac am y tro, mae hynny'n ddigon.

*   *   *

Mae hi'n hwyr. Plyga wddw'r lamp nes bod y papur gwyn ym mhwll y goleuni. Mae gwres bach y bylb trydan yn cyffwrdd cefn ei llaw fel cusan. Sut mae hi'n mynd i ofyn? Sut mae hi'n mynd i ddweud hyn? Fedar hi mo'i chymell ei hun i sgrifennu 'Annwyl Mam'. Ond yn ei chalon mae hynny'n swnio'n od o iawn, rhywsut. Mam.

Mae'r plentyn yn ei chroth yn rhoi tro. Ystwyrian. Rhyw guro bach ysbeidiol, tlws ydi o, fel igian glöyn byw tu mewn iddi. Mae'i bronnau hi'n drwm, yn brifo'n dyner. Y plentyn nad ydi hi wedi'i weld eto. Y plentyn mae hi'n ei garu'n barod. Ffurfioldeb fydd y geni. Rhywbeth i'w ddangos i weddill y byd. Mae hi'n fam eisoes i'r bywyd bach sy'n cicio yn ei bol.

Cic. Cic. Y babi'n troi.

Ac mae hi fel petai'r llythyr yn ei sgrifennu'i hun, yn blaguro dan y golau cynnes. Syml. Diffuant. Llythyr merch at ei mam.

Llythyr mewn amlen fach berlog a'r llawysgrifen arni'n grwn.